RÉSURRECTION MERVEILLEUSE

EN 1877

DE

MICHEL DE NOTREDAME

LE GRAND PROPHÈTE FRANÇAIS

MORT EN 1566

Sixième faisceau de vraie lumière

L'occulte devient manifeste, les voiles se lèvent

Rien sans l'aide de saint Michel, archange.

DU 15 JANVIER 1896 AU 15 MARS MÊME ANNÉE

RÉSURRECTION MERVEILLEUSE

DE

MICHEL DE NOTREDAME

ANGERS, IMPRIMERIE LACHÈSE ET Cie, CHAUSSÉE SAINT-PIERRE, 4

RÉSURRECTION MERVEILLEUSE

EN 1877

DE

MICHEL DE NOTREDAME

LE GRAND PROPHÈTE FRANÇAIS

MORT EN 1566

Sixième faisceau de vraie lumière

L'occulte devient manifeste, les voiles se lèvent

Rien sans l'aide de saint Michel,
archange.

DU 15 JANVIER 1896 AU 15 MARS MÊME ANNÉE

PRÉFACE

Dans l'édition des Centuries publiée en 1556 par Michel de Notredame chez Pierre Rigaud à Lyon, on trouve au quatrain 100 de la VIe centurie sous la rubrique :

Legis cautio contra ineptos criticos

ces quatre vers latins :

Qui legent hosce versus maturè censunto
Profanum vulgus et inscium ne attrectato :
Omnesque astrologi, blenni, barbari procul sunto.
Qui aliter faxit, is ritè sacer esto !

dont voici la traduction :

Prescription de loi contre les critiques ineptes

« Que ceux qui liront ces vers veuillent bien en « peser les expressions avec la maturité convenable. « Que le vulgaire profane et ignorant n'y touche pas. « Arrière tous les astrologues, les imbéciles et les gens « sans grec ni latin. Celui qui fera autrement qu'il soit « maudit suivant les rites » (voir 1er fascicule de Résurrect. Merveill. publié en 1877).

Devant ces paroles, je vous vois, chers lecteurs et amis, retirer le front. Sans doute que pour aborder les Centuries et réussir à les comprendre, il faut savoir autre chose que pêcher des grenouilles, mettre du vin en bouteilles ou même compter jusqu'à cent, petits talents dont plusieurs s'enorgueillissent et se font des piédestaux.

Ce n'est pas à dire pour cela qu'il faut être absolument un Pic de la Mirandole, c'est-à-dire savant *in omni re scibili et quibusdam aliis*. Non, non, ainsi que je l'exposais dans la divulgation du grand secret d'interprétation (3e fascicule, septembre 1883), Dieu a caché aux sages et aux superbes de ce monde, nombre de vérités et nombre de choses qu'il a révélées aux simples et aux petits (Math., xii, 25). Les œuvres de Michel de Notredame, restées jusqu'ici lettres closes, pour les prétendus savants, pourront être comprises et expliquées par des personnes à l'esprit droit, au cœur d'enfant, disposées à croire et à aimer tout ce qui est bon, beau et vrai. Voilà pourquoi sans aucun souci de ces gens habitués à respirer l'air épais et lourd du commun des martyrs, incapables d'attacher à ces écrits plus d'importance et d'intérêt que ne le feraient *des poissons traversant une exposition de fleurs*, j'en ai dédié la traduction, *suspenso naso*, à mes petites filles qui n'ont pas encore vingt ans, comme à des enfants appelées à vivre dans une atmosphère plus légère, plus subtile, plus élevée, une atmosphère sereine et inaccessible à l'ignorance, à l'envie, à la jalousie, à la crainte et à d'autres infirmités aussi peu avouables.

Mais ce n'est pas tout ; Dieu seul pouvant éclairer et

guider l'esprit humain dans la recherche de la vérité et dans la connaissance des arrêts de sa sainte volonté, il faut, de toute nécessité, avoir recours à lui pour lui demander cette grâce avec beaucoup de ferveur et de persévérance. Il faut aussi prier saint Michel, archange, protecteur spécial de la France, de vouloir bien favoriser le commerce intime des âmes avec la divinité, en servant d'intermédiaire et de canal à la lumière nécessaire aux intelligences.

Cela admis, l'auteur devra-t-il se fier entièrement à l'intelligence, à la bonne foi, à la charité de tous les lecteurs ? Sur mille lecteurs, trouvera-t-il dix appréciateurs, justes et bienveillants ? En général, l'ami lecteur est un mille-pattes qui n'est pas ami et qui ne sait pas lire. Il coupe les pages du volume avec un couteau fort doux et il déchire l'auteur avec des dents fort cruelles. Il pousse parfois la rage jusqu'à se faire auteur lui-même, à dessein de mettre en morceaux le malheureux qui s'est fatigué pour lui plaire et qu'il accuse de l'avoir ennuyé. Il devient alors ce qu'on appelle un critique ; mais, dans cet état on le repince et, à son tour, il connaît le malheur d'être lu.

Pour se défendre contre l'ami lecteur vulgaire, l'auteur devra prendre d'intelligentes précautions, telles que celles 1° de se faire payer d'avance toute l'édition, ce qui est une grande douceur et un puissant bouclier contre les graves inconvénients de la critique ; 2° de se ménager un public délicat ayant plus de têtes que de pattes ; 3° de se choisir un lecteur public des plus justement accrédités.

Pleinement rassuré par ces mesures, l'auteur donnera

néanmoins quelques règles essentielles pour la juste appréciation de son ouvrage, car, un auteur doué de sentiment et qui ne se plaît pas à mépriser les hommes souffre trop de voir ceux qui l'écoutent lui refuser leur admiration. Pour lui, sans doute, il sait ce qu'il vaut, il jouit de ce qu'il a fait. Devant sa composition, il goûte la légitime extase de ce Pygmalion, sculpteur grec, contemplant sa statue de Galatée, qui en vint jusqu'à s'animer; mais ceux dont le goût inculte et paresseux ne s'élève pas à ces vives jouissances, ceux-là lui font de la peine; ainsi ce sculpteur grec lorsqu'on n'était pas touché de son beau travail était troublé au fond de l'âme et craignait de finir par ne plus honorer l'espèce humaine autant qu'il l'eût voulu.

Ce qui empêche beaucoup de lecteurs d'avouer les mérites d'un ouvrage, c'est la manie générale d'y chercher ce que le titre promet. Beaucoup aussi veulent de l'ordre dans l'arrangement des matières, quelques-uns exigent une rédaction élaborée et très élégante; d'autres demandent de la nouveauté, d'autres de l'érudition, d'autres de la flamme, d'autres du bon sens. On trouvera tout cela dans mes livres, mais il faut savoir chercher.

Pour l'ordre il y en a tous les éléments, seulement on les a laissés un peu pêle-mêle pour se donner le temps de bien composer le titre. Cette partie d'un ouvrage est essentielle, puisque c'est le titre qui allèche les acheteurs. Que servirait de faire un livre si on ne le vendait pas? Mieux vaut le vendre et ne pas le faire; l'acheteur ne peut dire alors qu'il soit volé à fond, il a toujours un titre et du papier. Avec le titre il peut imaginer lui-même le livre ; inutile d'indiquer les usages nombreux et variés du papier : Allumettes, cornets, papiers d'emballage, etc., etc. Quand l'ouvrage sera terminé, on pourra disposer des matières suivant les lettres de l'alphabet, alors l'ordre y sera, comme la plénitude et la beauté du corps humain, sont dans les robes-fourreaux des dames d'à-présent.

Pour l'érudition, elle abonde : que le lecteur en soit bien convaincu : les auteurs les plus graves ont été compulsés et dépouillés ; on en trouvera l'énumération et la nomenclature dans les divers fascicules produits.

Pour le bon sens, l'auteur ne voudrait pas se vanter, mais la vérité est qu'il prétend regorger et crever de bon sens. Il a plusieurs grains de folie, celui-ci est parvenu aux proportions d'une citrouille. Pour que le lecteur ne se trouvât pas totalement satisfait du côté du bon sens, il faudrait qu'il en manquât lui-même.

Quant à la flamme, c'est vraiment par là que l'auteur est assuré de briller, on connait des auteurs qui sont pleins d'eux-mêmes ; nous ne les blâmons pas. C'est bien leur droit d'être pleins d'eux-mêmes, quand le public en est saoul.

Mais le présent auteur n'est plein que de son sujet. Bien logé chez le prince, pourvu d'une nourriture saine et abondante, arrosé de bon vin, de café et de louanges ; trois choses qui lui font mal, mais qu'il aime, il trouve que Bréda est le plus charmant endroit du monde après Nantes (France), et l'on ne saurait trouver un Brédaphile plus déterminé que lui. Nécessairement cet amour doit se répandre en feu, flammes et pétillements.

En attendant de nouvelles critiques, je dois répondre

à deux objections, *seulement spécieuses*, qui me sont parvenues.

La première est celle-ci :

Beaucoup de lecteurs ne savent pas le grec ; la simple vue des caractères grecs leur donne une espèce d'horripilation et ils reculent devant l'achat de vos livres.

Voici ma réponse :

Travaillant sur la version grecque des Septante de l'Apocalypse de saint Jean et sur les Oracles grecs de Léon VI, j'ai expliqué et commenté ces auteurs de façon à contenter les esprits cultivés. Il en a été de même pour les textes de Michel de Notredame tous composés avec le grec.

Ma traduction claire et limpide coule comme un ruisseau d'eau vive à travers une prairie émaillée de fleurs. On me rendra bientôt ce témoignage.

D'un autre côté, plus les textes sont anciens, plus ils sont vénérables. Pour qu'ils fussent mieux accueillis eût-il fallu produire les textes hébreux et écrire en hébreu ? Je les ai pris tels qu'ils sont et je les ai rendus compréhensibles et abordables. Qu'on ait recours à des interprètes compétents qui distribueront à chacun la nourriture spirituelle contenue dans mes écrits, suivant la constitution de leur estomac.

La seconde objection est celle-ci :

Vous avez fixé pour les événements certaines dates erronées. Soyez prudent. Je vous crie : casse-cou ! prenez garde de désillusionner les lecteurs !

A qui dites-vous, cher lecteur et ami, d'être prudent ? Est-ce que je ne suis pas payé pour en être persuadé ?

moi qui me suis brisé l'épaule droite en tombant d'un trottoir que je ne soupçonnais pas !

Mais le présent volume a pour objet : 1° la rectification des fautes typographiques, puis des *lapsus calami* des deux précédents volumes ; et 2° l'explication complémentaire d'un grand nombre de quatrains, ce qui commencera à constituer une œuvre plus parfaite. Comprenez bien que pour donner la vérité tout entière, il fallait, d'un côté, que l'inspiration vînt m'éclairer au temps et dans les conditions fixés par la Providence, d'un autre côté, que le temps matériel nécessaire me fût accordé pour rendre cette inspiration corporelle par l'écriture et l'impression. Voilà, je pense, deux raisons péremptoires. Il ne m'a été donné de connaître et de divulguer les faits et les dates exprimés dans le présent volume pour le laps de temps à courir, mois par mois depuis janvier 1896 jusqu'au mois d'août 1898, que par un travail opiniâtre sur les présages partant du 47e au 74e quatrain, commencé le 15 janvier 1896 et terminé le 1er mars même année.

Mes travaux précédents peuvent n'être regardés que comme des travaux préliminaires nécessaires à la préparation des esprits ; le présent volume porte un caractère plus précis, plus certain, plus préhistorique et tout homme intelligent et sérieux y trouvera ample satisfaction.

P.-A. M.

Nantes, le 1er mars 1896.

PRÉLUDE

Puisqu'il est entendu que les histoires et les légendes ont endormi et calmé les douleurs de l'homme à tous les âges, qu'elles ont instruit les générations et ont fait vibrer dans les âmes, l'espérance, le patriotisme et tous les nobles sentiments, nous allons préluder aux études actuelles par une piquante légende sur l'origine de l'Angleterre, de l'Espagne, de la France et de l'Italie.

—

Il y a bien longtemps de cela, puisque c'est à l'époque où le monde venait d'être tiré du néant. Le Seigneur-Dieu était fatigué et il se reposa le septième jour. Quatre de ses saints se tenaient auprès de lui, les ailes repliées, ayant à la main leurs épées inutiles, saint Georges, saint Jacques, saint Denis et saint Michel. Le Seigneur leur dit : Prenez-moi ces rognures et faites-en quatre nations vivantes pour peupler le globe de la terre. Les saints obéirent et se mirent à l'œuvre. Saint Georges prit un lingot d'or pur et un gros morceau de plomb ; il cacha l'or au centre du plomb, de manière que personne n'en pût soupçonner l'existence et l'ayant lancé sur la terre il dit : voilà le peuple anglais ! Saint Jacques prit une vessie remplie de vent, y mit un cœur de renard, une dent de loup et quand la vessie fut assez gonflée pour ressembler à la grenouille qui veut se faire aussi grosse que le bœuf, il la lança vers la terre en disant : voilà le peuple espagnol ! Saint Denis fit mieux que cela : il attrapa au vol un rayon de soleil et l'attacha avec un beau nœud de rubans ; ensuite il le jeta sur la terre en disant : voilà le peuple français ! Malheureusement il commit deux méprises : d'abord il oublia de lester son rayon de soleil ; ensuite, le ruban dont il fit son nœud était rouge comme le sang. Alors saint Michel remarquant les erreurs des autres saints prit, lui aussi, un rayon de soleil et bien d'autres choses encore ; un masque de velours, un poignard d'acier, les cordes d'un luth, le cœur d'un enfant, le soupir d'un poète, le baiser d'un amant, une rose du Paradis et une corde d'argent de la lyre d'un ange. Tenant tous ces objets dans sa main, il vint s'agenouiller devant le trône du Père éternel et le supplia en ces termes : Cher et grand seigneur je vous prie de rendre mon œuvre parfaite et pour cela je ne vous demande qu'une chose : un sourire de Dieu ! Et Dieu sourit. Alors saint Michel lança son œuvre vers la terre et dit : voilà la nation italienne !

Après la lecture de cette légende, la première pensée qui se présente à l'esprit, c'est que l'Italie y a le beau rôle ; sans doute parce qu'elle a été composée par un Italien ; mais la réflexion nous enseigne que l'Italie favorisée du sourire de Dieu est devenue le siège du Souverain Pontife, successeur de saint Pierre.

La France et l'Italie formées toutes deux avec des rayons de soleil sont bien les nations sœurs, fondées par la royauté catholique, vrai soleil. La famille des Bourbons a fondé la France et l'a agrandie de quatre-vingts départements. La France a reçu d'elle sa vie, sa conservation et son éclat; aussi le roi y était-il regardé comme son soleil.

Et si l'on veut s'y arrêter, rien n'est plus frappant que les similitudes existant entre le soleil et le roi dans les rôles qu'ils remplissent le premier au ciel, le second sur la terre, en effet :

1° Comme dans le ciel il n'y a qu'un soleil, il ne doit y avoir qu'un roi dans un Etat;

2° Le soleil suit la nature dans son mouvement; exempt de vanité et de cupidité; le roi suit la raison dans sa conduite;

3° Le soleil est le plus éclatant de tous les astres : le roi brille au-dessus de tous;

4° Le soleil est appelé Apollon (ως απολυων ημας των νοσων) parce qu'il nous délivre des maladies : il appartient au roi d'éloigner de ses sujets la peste et les calamités;

5° Le soleil pénètre et réchauffe tout; il est dans le monde ce que le cœur est dans l'homme, dit Platon. Il est aussi dans les attributions du roi de tout régir et vivifier;

6° Une qualité du soleil est la bonté; il a des rayons bienfaisants pour tous, il porte la joie en tous lieux. Le roi dont la tête est ceinte d'un diadème à rayons, doit veiller à faire rayonner de sa tête la prudence, la constance, la justice et la bienfaisance sur tous;

7° Le soleil tout-puissant est la vie, la force et la lumière du monde, dit Orphée, ainsi doit être le roi ;

Le soleil absorbe les vapeurs nuisibles et superflues qui existent dans l'air : de son côté le roi fait disparaître les malfaiteurs afin qu'ils ne troublent pas l'Etat ;

9° Le soleil est comme un œil qui voit tout : le roi voit tout, il sait tout ;

10° Comme le soleil voit tout, il est vu de tous et on peut dire de lui : *in sphera solis lates et dormis ;*

11° Le soleil n'a pas de taches ; le roi ne peut souffrir ni crime, ni impureté ;

12° Les Doriens appelaient le soleil : Αλιον δ'αλιζειν de ce qu'il rassemble les hommes en un même lieu. Le roi rassemble en une même Confédération ou Etat, des hommes différents de langues, de mœurs, d'institutions et de religion ;

13° Le soleil qui devient pâle et livide, est un présage de malheur pour les hommes : le roi déformé par les vices est une cause de corruption et de décadence dans le royaume ;

14° Les astres empruntent leur lumière au soleil comme les grands voient relever leur part éclat la présence du roi : la lumière fait défaut aux astres dès que le soleil disparaît, comme sans roi, toute autorité disparaît pour les grands et les magistrats ;

15° Le soleil toujours semblable à lui-même, accomplit son œuvre avec une activité toujours la même et un calme toujours égal : le roi régit tout avec un esprit calme, sans tenir compte des conseils téméraires ;

16° Sous un beau soleil ainsi que sous un bon roi, tout sourit et prospère ;

17° Le soleil luit sur les justes et sur les impies, tellement il est équitable et populaire : le roi est préposé au salut de tous. Il faut que sous lui les bons soient protégés et que les méchants s'amendent ;

18° Enfin, saint Augustin nous enseigne que le roi est semblable au soleil et le peuple à la lune, car rien ne représente mieux la splendeur du roi que celle du soleil et rien ne représente mieux l'obéissance du peuple au roi que la clarté de la lune.

Est-il besoin d'ajouter que ce nœud de ruban rouge comme du sang attachant le rayon de soleil semblait pronostiquer la mort de Louis XVI, qui a lié la nation à ce crime et qui la liera au châtiment mérité par ce crime ? Pour dénouer ce nœud présenté aux imaginations comme un nœud gordien, il faut un nouvel Alexandre et ce nouvel Alexandre ne peut être que Louis-Charles de Bourbon aidé de l'épée de saint Michel, archange !

ERRATA ET ADDENDA (au 4e Fascicule)

Il y a lieu de substituer le nom de Napoléon IV à celui de Napoléon V aux pages 20, 21, 26, 30, 32, 34, 37, 38, 39, 40, 41, 56, 57, 65, 66, 72, 74, 77 :

Page 18, ligne 15, *lire :* Non ti curar di lor, ma guarda e passa.

— 21, — 11, *lire :* 1897 *au lieu de :* 1895.

— 26, — 11, *lire :* αντιπαγγελει Τυφονι αμα λαογραφια, disputer concurremment avec Typhon, par le vote populaire.

— 27, — 8, *lire :* fixe *au lieu de :* fini.

— 32, *mettre :* régner *après* Napoléon.

— 33, ligne 20, *enlever le* ψ dans ιεραπολον.

— 34, — 4, *lire :* υρ σαττον νεον, feu fixe nageant (dans l'eau).

— 31, — 16, poussant plus loin qu'en 1895 le calcul pour l'époque du sacre, nous opérons sur : *En léo XIII . de.*

Au moyen de la numération grecque nous obtenons l'année 1898 de la manière suivante :

ε =	5
ν =	50
λ =	30
η =	8
ω =	800
X =	1000
III =	3
+ 1 point =	1
	1897
ajoutant	1
nous avons	1898

Puis avec *de* nous avons :

δ = δεον, c'est-à-dire moins.....	4
ε = ελαυνων, c'est-à-dire enlevant	5
Reste...........	1

Sur une variante du texte portant :

en léo treiziesme de Février

Nous obtenons le même résultat.

En leo...	*Treiziesme...*	*de...*	*Février...*
ε = 5	τ = 300	+ δ = 4	φ = 500
ν = 50	ρ = 100	+ ε = 5	ε = 5
λ = 30	ε = 5	Total. 9	+ υ = 400
η = 8	ι = 10		+ ρ = 100
ω = 800	ζ = 7		ι = 10
Total. 893	ι = 10		ε = 5
	η = 8		+ ρ = 100
	σ = 200 +		1120
	μ = 40		
	ε = 5		
	Total. 685		

En totalisant ces produits :	893
	685
	9
	1120
	2707
Retranchant.............	809
Il reste.....	1898

Dans *Février :*		
υσφιζων, retranchant.	400	600
ραιων, détruisant.....	100	
ραιων, détruisant.....	100	
Dans *de :*		
δεον, moins.........	4	9
ελαυνων, enlevant.....	5	
Dans *treiziesme :*		
συντεμων, retirant....	200	200
En totalité.......		809

Nous retrouvons cette indication dans le quatrain lui-même, avec le jour du sacre, en modifiant comme suit les onze lignes annotées au calcul premier, *Février III . 96* . devra être traduit Février III 1898 parce que les deux points ajoutés à 1896 donnent 1898.

Le millésime 18 s'obtient par les chiffres 13 + 4 nombre du vers plus un point terminant le quatrain.

Février 1898 est indiqué dans le quatrain 86 de la Centurie IV par ces mots : l'an que Saturne en eau sera conjoint avecque sol. Le sacre aura lieu sous le Verseau (Aquarius), alors Saturne sera conjoint au Soleil de Justice par l'onction du sacre.

Nous avons une autre indication dans le quatrain 73 de la IXe centurie par ces mots : *moins évolu Saturne*. Si nos calculs sont justes, la planète Saturne doit sortir du signe de la Balance le 15 mars 1898, prenant pour point de départ de la révolution de Saturne, qui s'opère en vingt-neuf ans et demi, le signe de la Balance indiqué par le quatrain 54 de la Ire centurie ; en février 1898, en effet, Saturne n'aura pas achevé sa révolution.

Dans les présages pour 1898, nous retrouvons la confirmation de cette date en février.

Page 35, ligne 7, *lire :* 1898 *au lieu de :* 1896.
— 37, — 13, *lire :* εαυτω λειᾳ *au lieu de :* τουτω.
— 37, — 20, *lire :* ιτεους *au lieu de :* ιτεος.
— 41, — 6 et 27, *lire :* Golongna *au lieu de :* Golongua.
— 43, — 28, *lire :* extension *au lieu de :* extantion.
— 51, — 19, *lire :* adrian = αδρυανω, au dieu fixe et volatil du ciel.
— 56, — 12 et 16, *lire :* ινητεος-ινητεον *au lieu de :* ινησομενης-ινησομενον.
— 58, — 8, *lire :* rendu *au lieu de :* rendre.
— 66, — 24, *lire :* ρην χυτλομενον *au lieu de :* μην.
— 69, — 10, *lire :* εντεμει *au lieu de :* εινεμει.
— 72, — 18, *lire :* αυξησεως *au lieu de :* αυζησεως.
— 72, — 26, *ajouter :* υετω *après :* ριγνοῦμενους.
— 72, — 31, *lire :* υψιπεσοντας χωννυμενους, tombant de haut couvertes de terre.
— 74, — 20, τρησας χεσιφωνουσα εναγς, les perçant brutalement.
— 74, — 28, *lire :* la *au lieu de :* les.
— 75, — 3, *lire :* γαραεις δεομεναις.
— 77, — 8, *lire :* Δεος.
— 77, — 9, *lire :* βαρος.
— 77, — 18, *lire :* εχοντα, celui qui occupe avec ses enfants porcs.

Page 77, ligne 30, *lire :* σχυταλιοις *au lieu de :* σανταλιοις.
— 86, — 29, *lire :* ορ *pour :* φορ.
— 87, — 3, *lire :* λαοτυχιδη ευρυπρωκταις σηπεδονος, protecteur du peuple contre les sales débauchés du Typhon.
— 87, — 7, *lire :* νωμαοντι.
— 88, — 16, *lire :* τρωυματιζομενος.
— 88, — 25, *lire :* παραβαινοντας, négligeant.
— 88, — 26, *lire :* βλεποντος.
— 88, — 27, *lire :* ιραν *au lieu de :* ιρον.
— 90, — 31, *lire :* traduit en grec par les Septante.
— 94, — 28, *lire :* le fils du soleil *au lieu de :* la lumière.
— 95, — 14, *lire :* du soleil *au lieu de :* la lumière.
— 96, — 15, *lire :* avecques.
— 96, — 5 et 26, *lire :* Reims *au lieu de :* Reins.
— 98, — 3, *lire :* 1898 *au lieu de :* 1896.
— 100, ligne 3, *lire :* αυξανων.
— 100, — 5, *lire :* κειμενος.
— 101, — 23, *lire :* ραγδαιω.
— 101, — 28, *lire :* δραπετοποιησαντι.
— 102, — 6 et 10, *lire :* ουρανιζομενον et υετω.
— 103, — 4 et 20, *lire :* veu *au lieu de :* venu.
— 113, — 26, *lire :* nation *au lieu de :* création.
— 115, — 5, retrancher l'article *de* trois fois.
— 121, — 18, *lire :* εννεκροεντας, les meurtriers, *au lieu de :* des destructeurs.
— 121, — 22, *lire :* Βρεκτος = de Bréda.
— 123. — 8, *lire :* λαας *au lieu de :* λαος.
— 123, — 11, *lier :* sur *avec* nom.
— 123, — 21, 23, *lire :* αυθεντην υετου, Δυναστου.
— 124, — 5, *lire :* disciples *au lieu de :* isciples.
— 126, — 8, *lire :* λεγων, le verbe.
— 126, — 10, *lire :* βεβαιοντος, du témoin digne de foi par la rosée céleste qui ranime.
— 126, — 14, *lire :* φραζομενον, appelé, *au lieu de :* φρασσοντα, annonçant.
— 126, — 18, *lire :* ραδιου, volatil, *au lieu de :* ραγδιου, violent.
— 126, — 34, *lire :* Δευσιμων.
— 127, — 4, *lire :* obtiendra.
— 129, — 3, γρυπαιετον ανδεουτα, l'aigle couronné.
— 129, — 4, πλειονηψηφιας πευσομενης, par la majorité des suffrages consultée.

Page 130, ligne 20, *lire :* Tyran, αναξ τυροων, roi révolutionnaire.
— 130, — 25, *lire :* φραξει, couvrira pour sa défense.
— 130, — 32, *lire :* αοιδω *au lieu de :* αυειδω.
— 131, — 3, Tost = οστεα τερατων τετιμενων, les os, les noyaux des prophéties vengeresses.
— 133, — 4, *: lire* τεμενης.
— 136, — 21, *lire :* viri mensuræ.
— 142, — 3, *lire :* l'ère *au lieu de :* l'âme.
— 171, oublié le titre du chapitre V.
— 178, ligne 8, *lire :* πλυσις σειριος pluie desséchante.
— 181, — 9, *lire :* moisson *au lieu de :* maison.
— 183, — 15, *lire :* γυηγενου, l'indigène.
— 183, — 17, *lire :* υΐ ραγδαιω, par le violent Typhon.
— 183, — 18, *lire :* αυσεται, sera enflammée.
— 183 — 24, *lire :* pars *au lieu de :* par.
— 184, — 18, *lire :* habitant de l'Allemagne appelé à régner.
— 185, — 25, *lire :* de *au lieu de :* du.
— 185, — 28, *lire :* humble *au lieu de :* tumulte.
— 193, — 12, *lire :* τριβησονται *au lieu de :* τριβησυνται.
— 193, — 14, *lire :* χαμαι ψηφου, dans la terre du suffrage.
— 193, — 15, *lire :* ζαν διος σεισεται υΐ, le divin Jupiter sera ébranlé par le serpent Typhon.
— 198, — 10, *lire :* Vefves *au lieu de :* Viefves.
— 198, — 18, *lire :* νελοειδης *au lieu de :* νελυειδης.
— 200, — 14, *lire :* γρυπαιετον *au lieu de :* γρυπαιετου.
— 200, — 19, *lire :* matière au noir, χαυτεας.
— 200, — 31, *ajouter :* τερας, envoyé du ciel, après βουφονος.
— 202, — 10, *lire :* υϊ *au lieu de :* υς.
— 202, — 14, *lire :* λαογραφια, *au lieu de :* λοογραφια.
— 209, — 7, *lire :* 886 à 911,

Table, page 221, *au lieu de :* 1895 à 1898, *lire :* 1897 à 1898.
— — 222, *lire :* octobre-novembre 1897 *au lieu de :* 1895.
— — 222, ligne 39, Centurie III *au lieu de :* Centurie IV.

ERRATA (AU LIVRE DES ORACLES DE LÉON VI)

Page 15, ligne 11, *lire :* établi *au lieu de :* établie.
— 52, — 6, *lire :* bulletins *au lieu de :* bulsletins.
— 52, — 24, *mettre :* perfectionis *au lieu de :* perfectionem.
— 65, — 2, après rois, *mettre* une virgule *au lieu d'*un point.
— 73, — 29, *au lieu de :* IIe, *mettre :* Ire note.
— 94, — 5, *lire :* le 8 janvier 1888 *au lieu du* 8 juillet 1887.
— 94, — 7, *lire :* Xavier Laprade, décédé le 28 décembre 1891 à Messac (Ille-et-Vilaine).
— 94, — 13, *lire :* Schonlaw, décédée le 29 octobre 1883.
— 94, — 23, *lire :* le 13 février 1878.
— 106, — 6, *lire :* βρεχομενη.

PRÉSAGES DE MICHEL DE NOTREDAME

Du 1er janvier 1896 au mois d'août 1898

TRADUCTION ET NOTES

Commencées le 15 janvier 1896 et achevées le 1er mars même année

PAR

P.-A. M., DE NANTES

Janvier 1896 — Présage XLVII

Journée, diete, interim, ne concile.
L'an paix prépare. peste, faim, schismatique.
Mis hors dedans. changer ciel, domicile.
Fin du Congé. Revolte hierachique.

Traduction littérale

Journée	ιος νεος ουρανω επιφανει	Avec deux points sur l'avant dernier *e* de νεος doit se traduire ainsi : Jupiter naissant au ciel se manifestera après deux ans, à compter de janvier 1896, c'est-à-dire en 1898.
diete	ηλασας δις ετος	étant exilé, éloigné deux fois un an
interim	ινις ιμερτος τερας	enfant désiré, envoyé de Dieu
ne	νεκρος	privé de vie politique
concile.	κογχυλιοις υλης	par les votes de la matière.
L'an	λαος αναστρεφομενος	Le peuple tourné en sens contraire
paix	παιξεται	se moquera
prepare.	πρηστηρος παρησαντος	du Typhon (révolutionnaire) lâché,
peste,	τερπομενοι πεσονται	ceux qui se gorgent de nourriture, de boisson, périront
faim,	φαγεδαινα ιμασει	une faim dévorante frappera
schismatique.	τιομενος κυησει σχισμα	le cher à Dieu enfantera la dissidence dans l'opinion
mis	μισανανθροπω	par l'ennemi des hommes (le tyran)
hors	ορσολοπεομενος	attaqué
dedans,	δεδμημενος ανστας	le mort, dissous, rendu à la vie
changer	ερειψει χαλαζᾳ αγκεντεα	abattra par une grêle meurtrière
ciel	κιβδηλευοντα ελ	l'altérant la lumière
domicile.	υλη μικροψω δωροδακεομενη	à la matière aux sentiments bas gagnée par des présents
Fin	φιντατοι	les amis dévoués
du	δεσποτου	du roi
Congé.	κονιοντες γενναιως	combattant vaillamment
Revolte	ολους ρευστικους τεμουσι	immoleront tous les volatils
hierachique	κυεοντας αχιλοειν ιερας	ayant conçu la pensée de ruiner, faire périr d'inanition les choses saintes (la religion).

Traduction libre

Louis-Charles, l'enfant désiré, envoyé de Dieu, privé de vie politique par les votes de la matière, à l'état de Jupiter naissant au ciel, se manifestera après deux ans à compter de janvier 1896, c'est-à-dire en 1898, étant encore éloigné pour deux ans.

Alors le peuple tourné en sens contraire se moquera du Typhon révolutionnaire qu'il aura lâché.

Ceux qui se gorgent de nourriture et de boisson périront.

Une faim dévorante frappera.

Le cher à Dieu enfantera la dissidence dans l'opinion.

Attaqué par Typhon, vrai tyran, le mort dissous, rendu à la vie politique, abattra par une grêle meurtrière celui qui altère la lumière à la matière aux sentiments bas, gagnée par des présents.

Les amis dévoués du roi, vaillants guerriers, immoleront tous les volatils ayant conçu la pensée de ruiner, faire périr d'inanition les choses saintes (la religion).

Février 1896 — Présage XLVIII

Rompre diete, lantiq sacré ravoir,
Dessoubz les deux. Feu par pardon s'ensuivre.
Hors d'armes sacre : long Rouge voudra avoir
Paix du neglect. l'Esleu le vefve vivre.

Traduction littérale

Rompre	πρηστηρ ρομβητος	Le Typhon qui tourne en rond (révolution, *revolvere*)
diete	ηλασας δις ετος	ayant éloigné pour deux ans

lantiq	λανθομενον τικτομενον	le caché mis au jour
sacre	σανει χρητους	mettra en mouvement les pouvoirs
ravoir	ιρας ρηκτεας αυοντα	de l'assemblée pour détruire le fixe
Dessoubz	υψοιων σωμα ζητεων δεσμευειν	élevant jusqu'aux nues son corps, cherchant à enchaîner
les	λησαμενον	le caché
deux.	δευσιμον-ξηρον	lune-soleil
Fou	φευξει	fuira
pour	παροιθε	à l'étranger
pardon	δονακων παραφυλακτεος	pour se garder des flèches
s'ensuivre.	εναντιω συι υρειω σεβαστος	de l'ennemi porc brûlant, le roi sacré
Hors	ορσολομενω	pour l'attaqué
d'armes	δεσποτης αρδευσεως μεσουρανιου	le Seigneur-Dieu, de l'arrosement entre ciel et terre
sacre :	σανει χρητους	mettra en mouvement les forces
Long	γυης λογου	de la terre du suffrage universel
rouge	γεννημα ρουσιου	la progéniture du rouge
voudra	δραπετο ποιητεον υδωρ ουδας	pour faire fuir l'eau-terre, c'est-à-dire le mercure volatil et fixe
avoir.	αυσει ιραν	enflammera l'assemblée
Paix	παιξεται	se moquera
du	δυναστος	le roi
neglect	νηγατεου λεκτου	de l'élu nouveau
l'esleu	ληψεται εστιαν λευκου	prendra la demeure du blanc
de	λευκοφαιος	le gris-cendré
vefve	ην υγραν υμενι εφθαρμενη	matière humide à hymen détruite (la France)
vivre.	υϊ υρείω	au porc brûlant.

Traduction libre

Le Typhon révolutionnaire ayant éloigné pour deux ans le caché mis au jour, mettra en mouvement les pouvoirs de l'assemblée pour détruire le fixe, élevant son corps jusqu'aux nues, cherchant à enchaîner le caché à l'état de lune-soleil.

Le roi sacré fuira en pays étranger pour se garder contre les traits de l'ennemi, porc brûlant.

Le Seigneur-Dieu mettra alors en mouvement les trésors de la pluie pour défendre l'attaqué.

La progéniture du roux enflammera l'assemblée pour faire fuire le mercure volatil et fixe de la terre du suffrage universel.

Le roi légitime se moquera de l'élu nouveau. Sous les traits du gris Jupiter, il se rendra maître de la France veuve de son roi, sur le porc brûlant.

Mars 1896 — Présage XLIX

Fera paroir esleu de nouvauté
lieu de journée. sortir hors des limites.
La bonté feinte de changer cruauté.
Du lieu suspect sortiront trestous vistes.

Traduction littérale

Fera	θηρασει	Chassera
paroir	ιρᾳ παροιθε	par l'assemblée, à l'étranger
esleu	εστιας λευκου	de l'habitation du roi-soleil
de	Δεσποτης	le chef tyran,
nouvauté	ναστον ουρανοπετην νελως αυον τεγκτεον	le soleil tombé du ciel avec la transparence du verre, fixe dissous
lieu	υϊ λυεσθαι	au porc à détruire
de	δεσποζοντι	régnant
journée,	ιος νεος ουρανω επιφανει	Jupiter naissant se montrera au ciel
sortir	τυραννος σωρου	le tyran de la multitude
hors	ορσολοπευσει	attaquera
des	δεσποτην	le Souverain-Pontife
limites	λιμενιτην ιτεοντες σεμνους	qui mène au port les vivants pieux
La	λαμπαδιας	Lumen in cœlo (le Pape)
bonté	τεθνηκαντος βοντος	etant mort criant
feinte	φεγγων τερατα ινδικα	faisant briller l'arc-en-ciel aux couleurs variées
de	Δεσποτης	le Seigneur

changer	ερειψει χαλαζα αγκεντεα	abattra d'une grêle meurtrière
cruauté.	αυτεξουσιονκρυπτομενον	le despote agissant dans l'ombre
Du	Δυναστης	le chef
lieu	νεων λυεσθαι	des porcs à détruire
suspect	συσπειραομενος κτεινεται	replié sur lui-même sera tué
sortiront	τυραννος σωρου ων	étant tyran de la multitude
trestous	τουσχατον τρεσαντες	jusqu'au dernier les lâches
vistes.	υες ιστησονται.	porcs seront fixés.

Traduction libre

Le tyran fera chasser de l'habitation du soleil (la France) à l'étranger, par l'assemblée, le soleil tombé du ciel avec la transparence du verre, à l'état de fixe dissous.

Jupiter naissant se montrera au ciel au porc à détruire régnant.

Le tyran de la multitude attaquera le Souverain-Pontife, qui mène au port les pieux vivants. Le Pape *Lumen in cœlo* étant mort en jetant des cris de douleur, le Seigneur-Dieu faisant briller l'arc-en-ciel aux couleurs variées, abattra par une grêle meurtrière le despote agissant dans l'ombre.

Le chef des porcs à détruire, tyrannisant la multitude sera tué replié sur lui-même ; jusqu'au dernier les porcs lâches seront fixés.

Avril 1896 — Présage L

Du lieu esleu Razes n'estre contens :
Du lac Leman conduite non prouvée.
Renouveller on fera le vieil temps.
Espouillera la trame tant couvée.

Traduction littérale

Du	Δυναστης	Le chef
lieu	υων λυεσθαι	des porcs à détruire
esleu	εστιας λευκου	de l'habitation du roi blanc (de la France)
Razes	ραζονταις εσκλητου	par les orateurs de l'assemblée du peuple
n'estre	νομιμον εσταμενον ρεοντα	le légitime à l'état de fixe liquide
contens :	χονισει τηναλλως σινεσθοι	combattra inconsidérément pour l'endommager
Du	Δυναστος	Le roi légitime
lac	λακεων	faisant éclater son tonnerre
Leman	λεανει μανικως	broiera avec fureur
conduite	χονιᾳ δυναστην ιτητῖκον	en poussière le chef téméraire
non	νωνυμω	en état de Saturne
prouvée.	προυπαρχησαντα υηνιᾳ εσθιουσῃ	ayant attaqué le premier par la pourriture dévorante,
renouveller	ρην ουρανοπετης υελως λεκτος ρηγειν	le mâle, tombé du ciel, avec la transparence du verre appelé à régner
on	οναξ	roi sacré
fera	θηρασει	donnera la chasse
le	λεξεσθαι	pour être mis à la place
vieil	υἳ ειλεοντι	du porc aux replis tortueux
temps.	τεμενω ψηφιας	dans le temple du suffrage universel (la France)
Espouillera	εσπουδασονται ραχιαι	seront éclairés les écueils
la	λαθοντες	cachés
trame	τραμπιδι μηλοφορω	au vaisseau portant le fruit d'or
tant	ταντα λιζομενῃ	balloté
couvée.	χουφοις υηνιας εσθιουσης	par les volatils de la pourriture dévorante.

Traduction libre

Le chef des porcs à détruire combattra inconsidérément, pour l'endommager, le légitime à l'état de fixe dissous, par les orateurs de l'assemblée du peuple, de l'habitation du roi blanc (France).

Le roi légitime, faisant éclater son tonnerre, broiera avec fureur, en poussière, le chef téméraire l'ayant attaqué le premier par la pourriture dévorante, en l'état de Saturne.

Le mâle tombé du ciel avec la transparence du verre appelé à régner, roi sacré, donnera la chasse pour être mis à la place du porc aux replis tortueux dans le temple du suffrage universel (la France).

Seront éclairés les écueils cachés, pour le vaisseau portant le fruit d'or, balloté par les volatils de la pourriture dévorante.

Mai 1896 — Présage LI

Pache allobrox sera interrompu.
Dernière main fera forte levée.
Grand conjuré ne sera corrompu
Et la nouvelle alliance approuvée.

Traduction littérale

Pache	παχετος	Brutalement
allobrox	αλλεμε"ος βρωχεσθαι	s'élançant pour dévorer
sera	θηρασει	chassera
interrompu	ινιον τερατα ρομβητος πυθων	l'enfant envoyé de Dieu, Python qui tourne en rond
Dernière	Δερκευτῃ νυσσοντι ιερα	par le voyant annonçant les choses sacrées
main	μαιναδι	en proie aux transports de l'inspiration
fera	θηραοντι	chassant
forte	φορησεται τεγξει	sera donné l'impulsion à l'arrosement
levée.	λεπτοτομησαντι ύηνιάν εσθιουσην	hachant en petits morceaux la pourriture dévorante.
Grand	γρυπαιετος ανδαιων	L'aigle à bec de griffon incendiaire
conjuré	ιυ χοναβεοντι ρησσω	par Jupiter retentissant volatil
ne	νεκροσεται	sera paralysé
sera	θηρασεται	sera chassé

corrompu.	χορμαζομενος πυθων ρομβητος	mis en morceaux, Python qui tourne en rond
et	εταιρισας	s'étant adjoint des compagnons
la	λαλιᾳ	suivant la parole
nouvelle	λητουργου, ναστος ουρανοπετης υελως	du prophète, le soleil tombé du ciel avec la transparence du verre
alliance	αλαλαζων αναχειμενος λιβω	poussant le cri de guerre, une fois consacré par l'onction de la pierre qui suinte
approuvée.	απτοσει, προυαρχομενος υηνιαρ εσθιουσην	fixera attaqué la pourriture dévorante.

Traduction libre

Python qui tourne en rond s'élançant brutalement pour dévorer, chassera l'enfant envoyé par Dieu.

Par le voyant annonçant les choses sacrées, en proie aux transports de l'inspiration, chassant, sera donné l'impulsion à l'arrosement qui hachera en petits morceaux la pourriture dévorante.

L'aigle à bec de griffon incendiaire, Python qui tourne en rond mis en morceaux par Jupiter retentissant, volatil, sera paralysé, sera chassé.

S'étant adjoint des compagnons, suivant la parole du prophète, le soleil tombé du ciel avec la transparence du verre poussant le cri de guerre, une fois consacré par l'onction de la pierre qui suinte, étant attaqué fixera la poussière dévorante.

Juillet 1896 — Présage LII

Longue crinite leser le gouverneur.
Faim, fievre ardante, feu et de sang fumée,
A tous estats joviaux grand honneur.
Sédition par Razes allumée.

Traduction littérale

Longue	γυης λογχης	La terre prédestinée
crinite	ιτεουσης κρινω	allant vers la fleur de lis,
leser	λησταρχης θηρασει	le chef des brigands poursuivra
le	ληταρχον	le grand prêtre
gouverneur	νευρον ερετων κουφιζοντων υδωρ	nerf des rameurs soulevant la mer
Faim	φαγεδαινα ἵμασει	une faim dévorante frappera
fievre	φιαροι υρεξουσι	les brillants de graisse auront la fièvre quarte
ardante	αρδεσθαι αντεβαλουσα	à abreuver, faisant irruption à son tour
feu	φευκταιαι	les exécrables
et	εταιριαι	courtisanes
de	δηλησασαι	ayant gâté
sang	αγοντα σεισμον κωλοις	(le sang) imprimant le mouvement aux membres
fumée.	φυμεσονται εργωδως	les enfants seront mis au jour péniblement
à	αυχμηροι	misérables enflammés de passions
tous	τουσχατον	jusqu'au dernier
estats	εσταθησονται συες	seront fixés les porcs
joviaux.	ιοςυιουςαυοντας ξηραινει	Jupiter dessèchera les enfants enflammés
grand	γρυπαιετου ανδαιοντος	de l'aigle à bec de griffon incendiaire
honneur	νευρου ωνητων	nerf des mercenaires
sedition	εξελαβουσάντες δις ανακτα τυφονι	ayant banni une seconde fois le roi, avec Typhon
par	παραστησαντα	s'étant présenté en concurrence
Razes	ραζοντες εσκλητου	les orateurs de l'assemblée du peuple
allumée.	αλλυτεοντες λυματι εσθιουση	destinés à mourir dans la putréfaction dévorante.

Traduction libre

La terre prédestinée allant vers la fleur de lis, le chef des brigands poursuivra le grand prêtre, nerf des rameurs soulevant la mer.

Une faim dévorante surviendra.

Faisant irruption à son tour, la fièvre quarte brûlante atteindra les gens regorgeant de santé.

Les exécrables courtisanes ayant gâté le sang qui imprime le mouvement aux membres, les enfants seront mis laborieusement au jour.

Jusqu'au dernier les porcs misérables enflammés de passions seront fixés.

Jupiter desséchera les enfants enflammés de l'aigle à bec de griffon incendiaire, nerf des mercenaires et les orateurs de l'assemblée destinés à mourir dans la putréfaction dévorante ayant banni une seconde fois le roi qui s'était présenté en concurrence avec Typhon.

Aout 1896 — Présage LIII

Peste, faim, feu et ardeur non cessée.
Foudre, grand greslo. Temple du ciel frappé,
l'édit, arrest, et grieve loy cassée.
Chef inventeur ses gens et luy hapé.

Traduction littérale

Peste,	πεσονται τερπομενοι	Périront ceux qui se gorgent de nourriture et de boisson
faim,	φαγεδαινα ιμασει	une faim dévorante frappera
feu	φευκταιαι	les exécrables
et	εταιριαι	courtisanes
ardeur	αρδομενοι ευρυπρωκτοι	les enflammés de passions, les sales débauchés
non	νωνυμω	sous la couleur noire
cessée.	κεσουσι σειρας εσθιουσας	rendront par les selles des cordes brûlantes,
Foudre,	υδωρ φωσκον ρευσεται	une pluie brillante (d'or) sera lancée
grand	γρυπαιετω ανδαιοντι	sur l'aigle incendiaire
greslo.	λευκοφαιω γη ρηστᾳ	par le gris (Jupiter) terre volatilisée
Temple	τεμενω ψηφιας	dans le temple du suffrage universel (la France)

du	δυναστευσει	régnera
ciel	χυανεος νελιζων	le noir (Saturne) rendu transparent comme le verre
frappé,	φραζομενος πετραν πεντην	sous le nom de Pierre Cinquième.
l'édit	λαου εδιδαξαντος τερατι	le peuple étant instruit par la prophétie
arrest,	αρρηνι εσταμενω	au mâle fixe
et	εταιρισει	s'adjoindra
grieve	χρινεσθαι υες ιηιοντας	pour entrer en lutte avec les porcs jetant de grands cris
loy	υιους λοξοτροχιου	fils de Typhon
cassée.	χαστορησονται σεης	ils seront étendus à terre, fixés près de lui
Chef	κεφαλῃ	au chef, principe
inventeur	ινιω εντελεχου ευρηματος	fils du fixe, remède
ses	σεσαρωτι	par le nettoyant (César)
gens	γενναιοι συνεποτρυνοντες	les nobles excités ensemble
et	εταιριζοντες	allant de compagnie, s'adjoignant
luy	υιες λυματος	les fils de la putréfaction
hapé.	απεθανουνται	seront mis à mort.

Traduction libre

Ceux qui se gorgent de nourriture et de boisson périront.

Une faim dévorante frappera.

Les exécrables courtisanes, les enflammés de passions, les sales débauchés sous Saturne rendront par les selles des cordes brûlantes.

Une pluie brillante (d'or) sera lancée sur l'aigle à bec de griffon incendiaire par le gris (Jupiter) terre volatilisée.

Dans le temple du suffrage universel (France) régnera le noir (Saturne) rendu transparent comme le verre sous le nom de Pierre Cinquième (Henri V).

Le peuple étant instruit par le prophète s'adjoindra

au mâle fixe pour combattre les porcs jetant de grands cris, fils de Typhon ; ils seront étendus à terre, fixés près de lui.

Les nobles (c'est-à-dire gens de naissance, courageux et sages) excités ensemble par César et réunis au chef principe fils du soleil, remède à tous les maux, mettront à mort les fils de la putréfaction.

Septembre 1896 — Présage LIV

Privés seront Razes de leurs harnois :
Augmentera leur plus grande querelle,
Père *liber* deceu fulg. Albanois
Seront rongées sectes à la moelle.

Traduction littérale

Privés	υων σηπεδονος πρυτανεοντος	Les porcs du Typhon régnant
seront	σηραντων οντοις	grinçant des dents contre les réalités
Razes	ραζονταις εσκλητου	par les orateurs de l'assemblée du peuple
de	δηιωσεται	sera mis à mort
leurs	λαοτυχιδης ευρυπρωκτοις	le fils du sauveur du peuple contre les débauchés putréfiés
harnois :	αρνυμενος οις	pris comme victime.
augmentera	αυγησας τερας μηνυσας	l'arc-en-ciel brillant ayant montré
leur	λειτουργον ραζομενον	le grand prêtre immolé
plus	πλυνεσεται σηπεδονι	sera lavée la tête à Typhon
grande	γρυπαιετω ανδεοντι	aigle couronné
querelle,	χυεοντι ειριψεων ελληνικων	plein de pensées pernicieuses
Père	περησας	passé
liber	λυσει βερβερι	à la dissolution par le vote
deceu	δεειν, κευθειν	d'arrêter, de renfermer
fulg.	γρυπαιετος φυλαρχων	l'aigle à bec de griffon, commandant en chef
Albanois	οισει βαναυσω αλφω	amènera au laton blanchi ,

seront	σηραντοις οντοις	contre les grinçant des dents sur les réalités
rangées	εσταμενος ρωννυμενος γενναιοις	le fixe fortifié par les nobles
sectes	σεβαστου σεβομενου κτεισαντος	le pontife-roi étant mis à mort
à	αισσων	s'élançant
la	λακτιζει	moissonnera
moelle,	μωροκακους ελληνους.	les méchants pernicieux.

Traduction libre

Les porcs de Typhon régnant, grinçant des dents contre les réalités, le fils du sauveur du peuple contre les débauchés putréfiés pris comme victime sera mis à mort par les orateurs de l'assemblée du peuple.

L'arc-en-ciel ayant montré le Souverain-Pontife immolé, sera lavée la tête de Typhon aigle couronné, plein de pensées pernicieuses.

Le vote ayant amené la dissolution, l'aigle à bec de griffon commandant en chef d'arrêter, de renfermer, amènera au laton blanchi.

Le fixe fortifié par les gens courageux et sages contre les grinçants des dents sur les réalités, après la mort du Pontife s'élançant sur les méchants pernicieux, les moissonnera.

Octobre 1896 — Présage LV

Sera receuë la requeste decente.
Seront chassez et puis remis au sus.
La Grande Grande se trouvera contente.
Aveugles, sourds seront mis au dessus,

Traduction littérale

Sera	σηρασαντες	Ayant chassé en octobre 1897
receuë	ρηγνυμενοι κευθωνυμοι επιφαινομενον	les révolutionnaires dont le nom doit être caché, le manifesté en janvier 1896 (le tréma sur ε rappelle le quatrain de janvier)
la	λαογραφιᾳ	par le suffrage populaire
requeste	χυσουσι εστηναι ρῃιδιως	concevront la pensée téméraire de l'arrêter
decente	δεειν, κεντειν	de l'enchaîner, de le harceler
seront	σηραντων οντοις	des grinçants des dents contre les réalités.
chassez	χὰσκομενοις σημαινει ζαν	Jupiter apparaîtra aux regards étonnés
et	ετι	et
puis	ις πυθωνος	le robuste Typhon
remis	υς ρεμβομενος	le porc agité comme une toupie
au	αυω	par le fixe
sus.	συσκευησεται	sera enchaîné
La	λαογραφιᾳ	par le suffrage populaire
Grande	γρυπαιετος ανδεσεται	l'aigle à bec de griffon sera couronné
Grande	γρυπαιετος ανδεσεων	l'aigle couronné
se	σηκαεσθαι	pour envelopper
trouvera	τρωματιζεσθαι υηνιᾳ-ραγδαιᾳ	pour blesser par la pourriture violente
contente.	κονισει τηναλλως τε;ας	combattra inconsidérément l'envoyé du ciel
Aveugles,	αυσει γληνος ευ σηπιᾳ	il altérera la lumière noble par la saleté
sourds	σωματα υρδαιων σηπτιοις	consumant les corps par des flammes corrompues
seront	σηραντες οντοις	les grinçants des dents contre les réalités
mis	μισανθρωποι	ennemis des hommes
au	αυθεντες	étant vaincus
dessus.	συσκευησονται δεσμοις.	seront liés par des chaînes.

Traduction libre

Après avoir chassé en octobre 1897 par le vote populaire le manifesté en janvier 1896 les révolutionnaires dont le nom doit être caché, concevront la pensée téméraire de l'arrêter, de l'enchaîner, de le harceler.

Jupiter apparaîtra aux yeux étonnés des grinçants des dents contre les réalités et le robuste Typhon, porc agité comme une toupie, sera enchaîné par le fixe.

L'aigle à bec de griffon sera couronné par le suffrage universel en octobre 1897.

L'aigle couronné combattra inconsidérément l'envoyé du ciel pour l'envelopper, pour le blesser par la pourriture violente.

Il altérera la lumière noble par la saleté consumant les corps par des flammes corrompues.

Les grinçants des dents contre les réalités, ennemis des hommes étant vaincus, seront liés par des chaînes.

Novembre 1896 — Présage LVI

Ne sera mis. Les nouveaux dechassez.
Noir et de loin et le grand tiendra fort.
Recourir armes. Exilez plus chassez
Chanter victoire, non libres reconfort.

Traduction littérale

Ne	νεκρον	Le privé de vie politique
sera	θηρατης	celui qui poursuit
mis.	μισησεται	deviendra un objet de haine,
Les	λησαμενοι	les gens des sociétés secrètes
nouveaux	ναστον ουρανοπετην υελως αυξανοντα	le fixe tombé du ciel avec la transparence du verre croissant
dechassez.	δεχομενον χασκουσι σημαινοντα ζανω	reconnu, regarderont bouche béante se montrant sous les traits de Jupiter
Noir	νωμάων ιρας	le président de l'assemblée

et	ετεκταινουσας	ayant fabriqué
de	δεσποτειαν	le pouvoir absolu
loin	λοξοτροχιω ινητεω	pour Typhon aux replis tortueux à purger
et	εταζαντι	mis à la place
le	λεκτου	de l'appelé
grand	γρυπαιετος ανδαιων	l'aigle à bec de griffon incendiaire
tiendra	τιομενον ενδρασεται	ensorrera le cher à Dieu
fort.	φορτικευων	en l'insultant
Recourir	ρηγυυμενοι κουση ιερᾳ	les révolutionnaires, par l'œil sacré (Osiris)
armes.	αρθησονται μεσω	seront fixés aux yeux de tous
Exilez	λησαμενοι εξιλλησονται	les gens des sociétés secrètes seront chassés par Jupiter
plus	πλυνοντι σηπεδωνα	lavant avec la pluie la putréfaction.
chassez	χασκομενοις ζαν σημαινει	aux regardants bouche béante Jupiter apparaîtra
chanter	τερατι χανουμενω	dans l'arc-en-ciel ouvert
victoire,	υϊ κτεναντι ιεραρχον	sur Typhon ayant fait mourir le grand Pontife
non	νωνυμος	le noir (Saturne)
libres	λυομενος βρεχομενος σηπεδονω	dissous en eau par le serpent Typhon
reconfort.	κονισει ρηιδιον φορτος-τολον.	combattra le violent chef d'État.

Traduction libre

Celui qui poursuit le privé de vie politique deviendra un objet de haine.

Les gens des sociétés secrètes regarderont bouche béante, se montrant sous les traits de Jupiter, le fixe tombé du ciel avec la transparence du verre croissant reconnu.

Le président de l'assemblée ayant fabriqué le pouvoir absolu pour Typhon aux replis tortueux à purger, mis à la place de l'appelé, l'aigle à bec de griffon incendiaire enserrera le cher à Dieu en l'insultant.

Par Osiris (œil sacré) les révolutionnaires seront fixés aux yeux de tous.

Les gens des sociétés secrètes seront chassés par Jupiter lavant la putréfaction avec la pluie.

Aux regardants la bouche béante Jupiter apparaîtra dans l'arc-en-ciel ouvert sur Typhon ayant fait mourir le grand Pontife.

Le noir (Saturne) dissous en eau par le serpent Typhon combattra le violent chef d'État.

DÉCEMBRE 1896 — PRÉSAGE LVII

Les deuls laissez, suprêmes alliances.
Raze grand mort. Refus fait à l'entrée.
De retour estre, bienfait en oubliance,
La mort du juste à banquet perpétrée.

Traduction littérale

Les	λησαμενοι	Les affiliés des sociétés secrètes
deuls	δευσιμος υλη σηπεδονι	matière volatile en putréfaction
laissez,	ις λαιμος σειρανονται ζανω	force dévorante, seront desséchés par Jupiter,
suprêmes	συοντες πρεμνω μεσιδιω	traînant contre le rejeton médiateur
alliances.	αλαλαζοτεω λιβω αγχειμενω σεβαστω	devant pousser des cris de guerre une fois consacré roi par l'onction de la pierre qui suinte.
Raze	ραζονταις εταιριζονταις	par les aboyants de l'assemblée auxiliaires
grand	γρυπαιετου ανδαιοντος	de l'aigle à bec de griffon incendiaire
mort.	τεραμον μορησεται	le fixe sera disssous.
Refus	φυσητηρ ρηξας	Typhon après s'être déchaîné
fait	φαινοντι ιτεους	contre celui qui éclaire les vivants
à	αιξει	s'élancera
l'entrée :	εντεινων ρεειν λαν	s'efforçant de pénétrer la pierre.
De	δηλωσεται	sera manifesté
retour	ρητος ουρανω	le désigné par le ciel
estre.	εσταμενον ρεον	fixe coulant,
bienfait	εναιρησας βιᾳ φαρον ιτεοντων	ayant détruit par la violence le phare de ceux qui font le voyage de la vie

en	εναντιος	l'ennemi
oubliance,	ουλως βλυσεω ανκυκλησεται	sera renversé complètement par la pluie
la	λαμπαδιὰς	le Pape *Lumen in cœlo*
mort	μορησας τερατωδως	étant mort d'une façon terrible
du	Δυναστης	le roi
juste	ιυ στεφανεται	sera couronné à l'état de Jupiter
à	αυων	l'incendiaire
banquet	χυεων εταιριζειν Βαναυσους	ayant eu la pensée de prostituer les ouvriers
perpétrée.	περσεται πετρη εσταμενη	sera détruit par la pierre fixe.

Traduction libre

Les affiliés aux sociétés secrètes, matière volatile en putréfaction, porcs dévorants, seront desséchés par Jupiter, alors qu'ils trameront contre le rejeton médiateur, qui poussera des cris de guerre une fois consacré par l'onction de la pierre qui suinte.

Par les orateurs de l'assemblée auxiliaires de l'aigle à bec de griffon incendiaire le fixe sera dissous.

Typhon après s'être déchaîné contre celui qui éclaire les vivants, s'élancera avec effort pour pénétrer la pierre.

Le désigné par le ciel sera manifesté fixe coulant.

L'ennemi qui aura détruit violemment le phare de ceux qui font le voyage de la vie, sera renversé complètement par la pluie.

Le Pape *Lumen in cœlo* étant mort d'une façon terrible, le roi sera couronné à l'état de Jupiter.

L'incendiaire ayant eu la pensée de prostituer les ouvriers sera détruit par la pierre fixe.

Année 1897 — Présage LVIII

SUR LA DICTE ANNÉE (CONTINUATION POUR LES QUARANTE-DEUX MOIS)

Le Roy Roy n'estre. du Doux la pernicie
l'an pestilent. les esmeus nubileux.
Tien qui tiendra. des grands non leticie,
et passera terme de Cavilleux.

Traduction littérale

Le	λεπτονεται	Sera réduit à rien
Roy	υς ρουσιος	le Typhon roux
Roy	υιω ροδιου	par le fils du soleil
n'estre.	νομιμω εσταμενω ρεοντι	légitime à l'état de fixe liquide
Du	δυναστευσουσι	gouverneront
Doux	δουλευσουσι ξενοι	asserviront des étrangers
la	λαον	le peuple
pernicie.	χυεσαντες περναναι νυχτιχλεπτομενα	ayant conçu la pensée de transporter pour vendre les choses volées nuitament
l'an	λαος αναστρεψεται	le peuple sera tourné en sens contraire
pestilent.	πεσουμενος τιλματι εντερω	périssant par les tiraillements spasmodiques dans les entrailles
Les	λησται	les voleurs
esmeus	εσονται ευς	s'approprieront les biens
nubileux.	υλας ευσυναρπαστας νυχτι βια	mobiliers faciles à enlever par la force pendant la nuit
Tien	τυφωνι εναντιω	par Typhon ennemi
qui	υϊ καιοντι	porc brûlant
tiendra.	τιομενος ενδρατσεται	le cher à Dieu sera enserré
des	δεσποτης	le tyran
grands	γρυπαιετος ανδαιων σειρωσεται	aigle à bec de griffon incendiaire sera desséché
non	νωνυμω	par le noir (Saturne)
leticie	χυεοντι τυγχανειν λεον	ayant conçu la pensée de rendre le peuple heureux
et	εταιριζων	s'adjoignant des compagnons
passera	πασει θηρησασθαι	il se saupoudrera de poussière pour poursuivre

terme de Cavilleux.	τερμην δεσποτου ευξενου χαιονταις ιλλον- ταις.	l'achèvement du despote hospitalier aux enflammés envelop- pant.

Traduction libre

Le Typhon roux sera anéanti par le fils du soleil légitime, à l'état de fixe liquide.

Le peuple sera gouverné, asservi par des étrangers qui concevront la pensée d'emporter pour vendre les choses qu'ils auront volées nuitamment.

Le peuple, périssant par le tiraillement spasmodique dans les entrailles, se convertira à des idées diamétralement opposées.

Les voleurs s'approprieront les biens mobiliers faciles à enlever par la force pendant la nuit.

Le cher à Dieu sera enserré par Typhon ennemi, porc brûlant.

Le Tyran, aigle à bec de griffon incendiaire, sera desséché par le noir (Saturne), qui aura conçu la pensée de rendre le peuple heureux, d'être sa providence.

S'adjoignant des compagnons, il se saupoudrera de poussière pour poursuivre l'achèvement du despote favorable aux incendiaires qui enveloppent comme des flammes.

Mars 1897 — Présage LIX

Au pied du mur le cendré cardigère :
L'enclos livré foulant cavalerie,
Du temple hors mars et le Falcigère
Hors. mis, demis, et sus la resverie.

Traduction littérale

Au	αυων	L'enflammé
pied	εδαξας πιωνοις	ayant irrité contre les riches
du	δυναστησας	une fois investi du pouvoir
mur	μυρον	Typhon
le	λεον pour λαον	le peuple
cendré	κενοσεται δρεπανου	sera dépouillé de la faulx
cardigère :	γερεαιροντι καρδιαν διαν	par celui qui rend des honneurs au Sacré-Cœur
l'enclos	λαος ενησει κλωσμα	le peuple lancera un sifflement
livré	λυοντι υρι	à celui qui dissout par feu
foulant	αντιω υλῃ φωσκουσᾳ	opposé à la matière brillante
cavalerie :	χαιουσᾳ υαλεω ρυεντι	consumant comme du verre coulant
Du	Δυναστῃ	contre le roi
temple	τεμενω πλειονοψηφιας	dans le temple du suffrage universel
hors	ορσει	mettra l'opinion en mouvement
mars	μαιων αρεος σημαντηρ	le chef avide de carnage
et	ετιχτησας	une fois mis au jour
le	λεογραφιᾳ	par le suffrage populaire.
Falcigère	κυανεον γερειον, φαλαρις	le vénérable Saturne, Typhon autre Phalaris,
hors.	ορσολοπευσει	l'attaquera
mis,	μισανθρωπος	méprisant les hommes
demis,	δεσποτης μισησεται	le despote deviendra un objet de haine
et	εταιριαι	les courtisanes
sus	συσκεδασονται	seront complètement dispersées
la	λακτιζεται	sera frappée
resverie.	ρηστωνη υηνη ρυην.	la vie de plaisir deshonnête se répandant ça et là.

Traduction libre

Typhon l'incendiaire une fois investi du pouvoir ayant irrité le peuple contre les riches sera dépouillé de la Faulx par celui qui rend des honneurs au Sacré-Cœur.

Le peuple sifflera celui qui dissout par feu opposé à la matière brillante consumant comme du verre coulant.

Le chef avide de carnage mettra l'opinion en mouvement dans le temple du suffrage universel contre le roi.

Une fois que le vénérable Saturne aura été mis au jour par le suffrage populaire, Typhon, nouveau Phalaris, l'attaquera.

Ayant du mépris pour les hommes, le despote deviendra lui-même un sujet de haine.

Les courtisanes seront complètement dispersées.

La vie de plaisir deshonnête se répandant çà et là sera frappée.

Avril 1897 — Présage LX

Le temps purgé, pestilente tempeste.
Barbare insult. fureur, invasion.
Maux infinis par ce mois nous appreste.
Et les plus Grands, deux moins d'irrision.

Traduction littérale

Le	λευντοειδου	Semblable à un lion (Napoléon)
temps	τεμενω ψηφιας	dans le temple du suffrage
purgé,	πυργοντος εζεσθαι	s'enorgueillissant d'être établi à demeure,
pestilente	τιλμα εντεροις πεσουται	un tiraillement spasmodique dans les intestins fera mourir
tempeste.	πεσσαλοι τεμονται τερατωδης	les feuilles des arbres, les pétales des fleurs seront coupées et dévastées par un châtiment du ciel.
Barbare	Βαρβαροι αρειμανεις	les sauvages agités des fureurs de Mars
insult.	συλλαβανουσι ινιω τιομενω	se coaliseront contre le fils cher à Dieu
fureur,	ευριποι φυρονται	ceux qui se laissent aller au flux et au reflux des événements seront troublés
invasion.	ινιω υαλεω θιου ονακτος	par le fils transparent comme verre du roi du droit divin.
maux	μαυρωσουσι ξενοι	les étrangers affaibliront, détruiront

infinis	νυσσοντας ινας φυλασσοντες	les guerriers forces défensives
par	παραϐαινοντες	négligeant
ce	κειμενα	les choses établies
mois	μουσομαντεω	par le chantre prophétique
nous	νουθετεομενω σεμνως	avisé d'une manière imposante
appreste.	απο πρηστηροκρατερω	de la part du maître du tonnerre
et	ετικτησας	mis au jour
les	λησαμενος	le caché
plus	πλυσιω σειριοντι	par le lavage brûlant
grands,	γρυπαιετον ανδαιοντα σειρωσει	dessèchera l'aigle à bec de griffon incendiaire
deux	Δευσιμος-ξηρος	la lune-soleil
moins	ινις σωζομενου μωμιων	fils du sauvé du temple raillant
d'irrision.	δηλησεται ἱραν ρυσιαν ονακτος συων.	détruira l'assemblée protectrice du roi des porcs.

Traduction libre

Semblable à un lion (Napoléon) s'enorgueillissant d'être établi à demeure dans le temple du suffrage universel,

Un tiraillement spasmodique dans les intestins fera mourir

Les feuilles des arbres, les pétales des fleurs seront coupées et dévastées par un châtiment du ciel.

Les sauvages agités des fureurs de Mars se coaliseront contre le fils cher à Dieu.

Ceux qui se laissent aller au flux et au reflux des événements seront troublés par le fils, transparent comme verre, du roi de droit divin.

Les étrangers affaibliront, détruiront les guerriers, forces défensives, négligeant les choses établies par le chantre prophétique avisé d'une manière imposante de la part du maître du tonnerre.

Mis au jour le caché, par le lavage brûlant, desséchera l'aigle à bec de griffon incendiaire.

La lune-soleil, fils du sauvé du temple, en raillant détruira l'assemblée protectrice du roi des porcs.

Mai 1897 — Présage LXI

Joye non longue, abandonné des siens.
L'an pestilent, le plus Grand assailli.
La Dame bonne aux champs Elysiens,
Et la plus part des biens froid non cueilly.

Traduction littérale

Joye	ιος υελωσας	Jupiter devenu transparent comme verre
non	νωνυμω	sous les traits de Saturne
longue,	γυῃ λογχῃ	dans la terre prédestinée
abandonné	ανδανων αδαοντι νεμεσει δοναξι	étant agréable à la divinité vengeresse très puissante par ses flèches
des	δεσπωσει	régnera
siens.	θεοφοριαις ενσωματαις	suivant les inspirations célestes rendues corporelles.
l'an	λαος αναστρεψεται	le peuple sera tourné en sens contraire
pestilent,	πεσσομενος τιλματι εντερω	périssant par le tiraillement spasmodique dans les entrailles
le	λεπτονεται	sera anéanti
plus	πλῦσει σειριω	par la pluie desséchante
grand	γρυπαιετος ανδαιων	l'aigle à bec de griffon incendiaire
assailli.	ασσαιξησας ιλλαινειν λιπαρον	s'étant élancé pour envelopper l'oint du Seigneur
La	λαας	la pierre
dame	δαμησασα	ayant vaincu
bonne	βων νεουσα	la couleur noire en la fixant
aux	αυξανουσα	croissant
champs	χαμαι ψηφου	dans la terre du suffrage
Elysiens,	ηλυσει ενστιλβη σια	marchera vers la lumière divine (la couleur blanche)
et	εταιριζουσης	aidant

la	λακης	la providence divine
plus	πλυσει σειριᾳ	par la pluie brûlante
part	τερατι παρτιθεισᾳ	annoncée par l'arc-en-ciel
des	Δεσποτης	le roi
biens	ενσκελωσει σηπεδονα	desséchera le serpent
froid	φροιδομενον	le prévoyant
non	νωνυμον	noir (Saturne)
cueilly.	χυοντα ιλλειν λυμωδῃ.	ayant conçu la pensée d'envelopper dans la boue.

Traduction libre

Jupiter, devenu transparent comme verre, sous les traits de Saturne, dans la terre prédestinée, étant agréable à la divinité vengeresse très puissante par ses flèches, régnera suivant les inspirations célestes rendues corporelles.

Le peuple se convertira à des idées diamétralement opposées, en se voyant périr par le tiraillement spasmodique dans les entrailles.

L'aigle à bec de griffon incendiaire, s'étant élancé pour envelopper l'oint du Seigneur, sera anéanti par la pluie desséchante.

La pierre ayant vaincu la couleur noire en la fixant, croissant dans la terre du suffrage, marchera vers la lumière divine (la couleur blanche).

Avec l'aide de la providence divine par la pluie brûlante annoncée par l'arc-en-ciel, le roi desséchera le serpent qui avait conçu la pensée d'envelopper dans la boue le prévoyant Saturne.

NOTE SUR LES CHAMPS-ÉLYSÉES

D'après la mythologie des Grecs, les Champs-Élysées étaient le séjour des bienheureux après leur mort. Suivant Homère, on ne connaissait dans ce lieu ni les tempêtes, ni l'hiver, un doux zéphyr y murmurait toujours. Les élus de Jupiter arrachés au sort commun des mortels par Mercure y goûtaient une félicité éternelle sous le sceptre de Saturne.

Chez les Gaulois, on entendait par Élysée l'île des braves placée dans une région supérieure où les maux qui affligent l'espèce humaine ne pouvaient atteindre ceux qui avaient mérité ce séjour bienheureux.

Funger, d'après Proclus, dérive Élysée de η παρα την λυσιν κακων, de ce que les corps s'y conservaient indissolubles ou étaient préservés de la dissolution des mauvais. D'autres prétendent qu'Élysée vient d'ελυσις, vie reposée ; d'autres du sémitique *Je lel*, joie, éclat, splendeur.

Si on prend *Campi Elysii* au propre, il faudra les chercher chez les Elusates ελισυχοι, Elusa, aujourd'hui Eauze (Gers), ou chez les habitants des bords de l'Aude désignés par Aviénus du nom de *gens Elysica,* ou dans l'ancien cimetière d'Arles, béni, dit-on, par le Christ, ou dans les Champs-Élysées de Paris.

Virgile a décrit les Champs-Élysées et sa description nous servira à retracer une des circonstances de l'œuvre hermétique. Les Champs-Élysées, dit Virgile, sont le palais de Pluton ou du dieu des richesses, de grands murs élevés sur un rocher l'annoncent ; il est environné d'un fleuve de flammes très rapide qu'on nomme Phlégéton et qui fait un grand bruit par le choc des cailloux qu'il roule. En face se présente une grande et vaste porte aux deux côtés de laquelle sont posées deux colonnes de diamant ; une tour de fer s'élève dans les airs. Dans ce lieu de délices, de joie et de satisfaction, séjournent les Troyens qui se sont sacrifiés pour la patrie, les prêtres d'Apollon vertueux, ceux qui se sont rendus recommandables par leurs inventions et leurs vertus ; tous ont le front ceint par une bandelette blanche et un diadème de même couleur.

En disant que l'aurore commençait à paraître lorsque Énée et son guide aperçurent les murs du palais, Virgile entend que la couleur noire signifiée par la nuit commençait à faire place à la couleur blanche, appelée lumière et jour par les philosophes. Arrivés à la porte du palais, Énée planta le rameau d'or sur son seuil, parce que la matière dans cet état de blancheur imparfaite commence à se fixer et à devenir par conséquent or des philosophes. C'est pourquoi l'on dit qu'Énée enfonça son rameau d'or dans le seuil de la porte ; car la porte indique l'entrée d'une maison comme cette couleur de blanc imparfaite est un signe du commencement de la fixation. Le blanc est tout à fait manifesté par les bandelettes blanches et le diadème des habitants des Champs-Élysées.

Juin 1897 — Présage LXII

Courses de loin, ne s'apprester conflits.
Triste entreprise. l'air pestilent, hideux,
De toutes parts les Grands seront afflits,
Et dix et sept assaillir vint et deux.

Traduction littérale

Courses de	χουριας σεουληκας δεσποσας	La tête rase ayant volé ayant agi en tyran

loin,	λοξοτροχιος ινητεος	Typhon aux replis tortueux, impur
ne	νεκροσεται	sera mis à mort
s'apprester	απο σιου πρηστηρόκρατερου	de la part de Dieu maître du tonnerre
conflits.	χοναβεοντω φλεγματι ιτεοντι σεβαστου	par le feu volatilisé retentissant du roi
Triste	τρις στερισχομενος	le trois fois dépouillé
entreprise.	εντρεφοσει σεσυλημενα πριν	fera rendre les choses volées antérieurement
L'air	λαοι αιρηθεμενοι	les populations saisies
pestilent,	τιλματι εντερου πεσονται	périront d'un tiraillement spasmodique dans les entrailles
hideux.	ιδειν ευξενω	bien étrange à voir
De	Δεσποτῃ	par le Seigneur-Dieu
toutes	τουσχατον τεσσαρεσχαι δεχατιτοι	ceux qui le jour de Pâques
parts	παραβατικοι ταγου σεπτου	violent les lois du chef saint
les	λησαμενοι	les affiliés aux sociétés secrètes
Grands	γρυπαιετος ανδαιων σημαντηρ	l'aigle à bec de griffon incendiaire chef
seront	σεραντων οντοις	des grinçant des dents contre les réalités
afflits,	αφευσοντάι φλεγματι ιτεοντι σεβαστου	seront brûlés par le feu volatilisé du roi.
et	εταιρισαντες	s'étant coalisés
dix	διυγροι ξενοι	les mercenaires volatils
et	ετι	avec
sept	σηπτους	les pourris
assaillir	ασσαιξητεοντες ιλλαινειν ιερα	afin de s'élancer pour envelopper les choses sacrées,
vint	ινας ινιου τεγχτεοντες	affaiblir les forces du fils
et	ετι	et aussi
deux.	δευσιμον-ξηρον.	la lune-soleil.

Traduction libre

La tête rase, Typhon aux replis tortueux, impur, ayant volé, ayant agi en tyran, sera mis à mort de la part de Dieu maître du tonnerre par le feu volatilisé retentissant du roi.

Le trois fois dépouillé fera rendre les choses volées antérieurement.

Périront les populations saisies d'un tiraillement spasmodique dans les entrailles, bien étrange à voir.

Par le Seigneur-Dieu, ceux qui le jour de Pâques violent les lois du chef saint, les affiliés aux sociétés secrètes, l'aigle à bec de griffon incendiaire chef des grinçant des dents contre les réalités, seront brûlés par le feu volatilisé du roi ;

Les mercenaires volatils s'étant coalisés avec les pourris afin de s'élancer pour envelopper les choses sacrées et affaiblir les forces du fils et aussi la lune-soleil.

Juillet 1897 — Présage LXIII

Repris. rendu. espouventé du mal.
Le sang par bas, et les faces hideuses.
Aux plus sçavants l'ignare espouvental :
Perte, haine, horreur. tomber la piteuse.

Traduction littérale

Repris.	ρηξει πρυτανεων σεσυλημενα	Arrachera avec violence, le chef de la République les choses qu'il volera
rendu.	ρην δυνατοις	Mars, aux riches
espouventé	εσπουδασει υηνειν τεκνοντας	il s'efforcera de faire vivre en porcs les prolétaires
du	δυναστεος	pour gouverner
mal.	μαλακους	des amollis, des énervés.
Le	λειψεσθαι	à être versé
sang	αγων σεισμον χωλοις	ce qui donne le mouvement aux membres (le sang)
par	παραβαλεται	sera exposé
bas	βασιλιζαντων	des partisans du roi
et	ετι	et

les	λησαμενοι	les affiliés aux sociétés secrètes
faces	φαγεσωμοι	dévorants
hideuses.	ιδεοποιησουσι ευς εσθλων	s'approprieront les biens des bons, des bienfaisants
Aux	αυξιχαχος	augmentant le mal
plus	πλυντεος σηπεδων	pour se blanchir, le serpent
sçavants	σχατω αντιων σεβαστου	aux yeux de l'écume des ennemis du roi
l'ignare	λαω ιχνεοντος, αρης	allant vers le peuple, Mars
espouvental :	εσπουδασει υηνειν ταλαιπωρους	s'efforcera de faire vivre en porcs les malheureux
Perte,	περανονται τεγξει	seront percés par la pluie
haine,	αινετου	du recommandable par sa piété filiale ou de l'invincible comme l'or (allusion à Enée, héros de Virgile)
horreur.	ευρυπρωχτοι ορροδεοντες	les infâmes débauchés faisant horreur
tomber	βερβερι τομω	à la suite d'un vote audacieux
bas	βασιλης	le prêtre-roi
la	λαμπαδιας	*lumen in cœlo*
piteuse.	πιτνεται ευσηφιᾳ σηπεδιονος	sera mis à mort par la putréfaction du serpent.

Traduction libre

Mars, chef de la République, arrachera avec violence les choses qu'il volera aux riches ; il s'efforcera de faire vivre en porcs les prolétaires pour gouverner des amollis, des énervés (pour dormir sur un lit de poussière humaine).

Le sang des partisans du roi sera fort exposé à être versé et les affiliés aux sociétés secrètes, dévorants, s'approprieront les biens des bons, des bienfaisants.

Le serpent Mars augmentant le mal pour se blanchir aux yeux de l'écume des ennemis du roi, tout porté vers le peuple, s'efforcera de faire vivre en porcs les malheureux.

Les infâmes débauchés faisant horreur seront percés

par la pluie du recommandable par sa piété filiale ou de l'invincible comme l'or (allusion au pieux Énée, héros de Virgile).

A la suite d'un vote audacieux, le prêtre-roi, *lumen in cælo*, sera mis à mort par la putréfaction du serpent.

Aoust 1897 — Présage LXIV

Mort et saisi, des nonchalans le change.
S'eslongnera en s'approchant plus fort.
Serrez unis en la ruine, grange.
Par secours long estonné le plus fort.

Traduction littérale

Mort	μορησει τερπων	Mourra le débauché
et	ετεροπλανης	volatil, errant çà et là
saisi.	σαιρομενος σιρωμενος	nettoyé, desséché, durci par le feu
Des	Δεσποτης	le despote
nonchalans	ανσχησασ χαλαστεος νωνυμον	s'étant élevé pour affaiblir le noir (Saturne)
le	λευκοφαιω	par le gris (Jupiter)
change	ερειψεται χαλαζᾳ αγχεντεα	sera abattu sous une grêle meurtrière
s'eslongnera	σελας γνησιας ερας εσλαμψει γυην λογου	la lumière de la terre légitime éclairera la terre du suffrage
en	εναγεα	soumise à l'expiation
s'approchant	απο προχεοματος σολου τεραπι χανουμενω	à partir du premier épanchement du disque du soleil (commencement de la dissolution) par l'arc-en-ciel ouvert
plus	πλυνοντι σηπεδονα	lavant la putréfaction
fort.	φορεοντι τεγξεα	en apportant la pluie.
Serrez	ρεζειν θηραν	à poursuivre
unis	ινιούς υς	ses enfants porcs
en	εναγεα	le pur de toute souillure
la	λακτιζεται	sera mise en pièces
ruine,	ρυαχετος ινητεος	la multitude bruyante et confuse à purger

grange.	γρυπαιετου αγγαρεοντος	l'aigle à bec de griffon contraignant
Par	παραϐησας	ayant négligé
secours	σεμνοειν κουρην σειαν	d'honorer l'œil sacré (Osiris)
long	γυη λογου	dans la terre du suffrage
estonné	νεαγεαν εσταμενοις τονθορυζοις	nouvellement annoncée par des arrêts menaçants
le	λεανεται	sera broyé
plus	πλυσει σειριουσῃ	par la pluie desséchante
fort.	φορτοστολον τυφων	le chef Typhon.

Traduction libre

Le débauché coureur mourra nettoyé, durci par le feu.

Le despote s'étant élevé pour affaiblir le noir (Saturne) sera abattu par le gris (Jupiter) sous une grêle meurtrière.

La lumière de la terre légitime éclairera la terre du suffrage soumise à l'expiation à partir du premier épanchement du disque du soleil (commencement de la dissolution) par l'arc-en-ciel ouvert lavant la putréfaction en apportant la pluie.

L'aigle à bec de griffon ayant contraint ses enfants porcs à poursuivre le pur de toute souillure, la multitude confuse et bruyante, impure, sera mise en pièces.

Le chef Typhon ayant négligé d'honorer l'œil sacré (Osiris) dans la terre du suffrage, nouvellement annoncé par des arrêts menaçants, sera broyé par une pluie desséchante.

Octobre 1897 — Présage LXV

Gris, blancs et noirs, enfumez et froquez.
Seront remis, demis, mis en leurs sieges.
Les ravasseurs se trouveront mocquez ;
Et les vestales serrées en fortes rieggcs.

Traduction littérale

Gris,	σεμνοι γιρις	Les religieux σεμνος = πρεσθυς-σεμνοθεοι, les prêtres des Celtes, γιρις dorien pour ιρις de différentes couleurs (versicolor), la qualité du gris est de tenir de toutes les couleurs, d'où gris blanc, gris brun, gris cendré, etc. En peinture, le gris est formé de noir et de blanc
blancs	σεμνοϊ βλητοι αγχων	les religieux travailleurs, les trappistes par exemple, vêtus de blanc
et	ετι	et aussi
noirs,	σεμνοι νωνυμοι ιρας	les prêtres noirs de l'assemblée du peuple chrétien (de l'église εκκλησια) ministres du culte (ιροφοροι)
enfumez	φυμενους ενους ζωῃ	engendrant les vieilles peaux (le vieil homme) à la vie
et	ετι	et
froquez.	χυεοντες φρονημα ζωης	faisant concevoir la pensée de la vie.
seront	σηραντες οντοις	Les grinçant des dents contre les réalités
remis,	υς ρεμβευσονται	matière puante, seront agités
demis,	Δεσποτῃ μισομενω	par le despote objet de haine
mis	μισανθρωπω	ennemis des hommes
en	εναρτεω	pour mettre à mort
leurs	λεοσαον ευρυπρωκταις σηπτοις	le sauveur du peuple contre les débauchés putréfiés
sieges.	εγειρωμενον σωτηρω σιω	établi par le Sauveur-Dieu
Les	λησαμενοις	par les affiliés aux sociétés secrètes
ravasseurs	ευρυπρωκτοϊς σηπεδονος ραγδαιω υδατι ασσονταις	sales débauchés du serpent s'élançant avec l'impétuosité des flots de la mer
se	σεμνοι	les religieux
trouveront	τρωυματιζονται υηνιᾴ εραουσᾳ οντων	seront blessés par la pourriture avide de leurs bien temporels
mocquez :	μωκαουσᾳ χυειν ζωης	se moquant de concevoir la pensée de la vie éternelle
et	εταιριαις	par les courtisanes
les	λησαμεναις	affiliées aux sociétés secrètes
vestales	ης αλοχος υρὸς εστιας	les vierges préposées au feu de Pallas et de Vesta
serrées	θηρασονται ρηγματι εστιας	seront expulsées avec fracture de leur demeure

en	εναρονται	seront détruites
fortes	φορταχτεούς εσθητους	pour emporter leurs vêtements
riegges.	ρυφητεους εγγελαουσαις ησασαις	et dévorer en se moquant et en se réjouissant.

Traduction libre

Etant admis que les religieux aux vêtements de différentes couleurs, les religieux travailleurs vêtus de blancs, tels que les trappistes et les prêtres vêtus de noir, ministres de l'Église chrétienne, ont pour mission d'engendrer le vieil homme à la vie éternelle et de diriger la pensée vers la vie céleste,

Les grinçant des dents contre les réalités, matière puante, seront agités par le despote, objet de haine et ennemi des hommes, pour mettre à mort le sauveur du peuple contre les débauchés putréfiés, établi par le Dieu-Sauveur ;

Par les affiliés des sociétés secrètes, sales débauchés du serpent s'élançant avec l'impétuosité de flots de la mer, les religieux seront blessés par la pourriture avide de leurs biens temporels, se moquant bien de concevoir la pensée de la vie éternelle.

Par les courtisanes affiliées aux sociétés secrètes, les vierges préposées au feu de Pallas et de Vesta seront expulsées avec fracture de leurs demeures, seront détruites pour emporter leurs vêtements et en dévorer le produit en se moquant et en se réjouissant (faisant la noce).

Année 1898 — Présage LXVI

SUR LA DICTE ANNÉE

Saison d'hiver, ver bon, sain, mal esté.
Pernicieux auton, sec. froment rare,
Du vin assez. mal yeux. faits. molesté.
Guerre, mutin. Seditieuse tare.

Traduction littérale

saison	σαινει σων νερτερομορφος	Le semblable à un mort, sain et sauf remuera
d'hiver,	δηλοων ιον υεοντον εραν	se montrant sous les traits de Jupiter arrosant la terre
ver	υετω ραισει	par la pluie il détruira
bon	βων pour βουν	la matière noire
sain.	σαινομενην ινητεαν	agitée à purger,
mal	μαλακου τεξεται	du volatil (amolli) naîtra
esté.	εσταμενην ην	la matière fixe
Pernicieux	κυεσαντες περναναι νυκτιλεπτομενοι ευς ξενοι	les étrangers ayant conçu la pensée d'emporter pour vendre les choses volées nuitamment
auton	ονακτι αυτοκρατορι	par le roi devenu maître
sec.	σηκασονται	seront fixés, arrêtés,
Froment	τιομενος φροεων μενοειδην	le cher à Dieu portant le croissant
rare,	ραδιουργιαν ρεον	la facilité d'agir, en versant l'eau en abondance
Du	δυναμωσας	étant fortifié
vin	υσι, ινις	contre les porcs, le fils
assez,	ασσαλει ζημιοτεος	bondira pour punir,
mal	μαλακοι	les amollis (volatils)
yeux.	ευσυνθησονται ινι	seront fixés ensemble par le fixe
faits,	σεληνη φανει ιτεους	la lune éclairera les vivants
molesté.	μολουται εστησασα	elle croîtra en se fixant.
Guerre,	ερις γυια ρηξει	La guerre brisera des membres
mutin	τινων μιτροσεται	le justicier sera couronné.
séditieuse	τιομενος εξαξει δις ευσηφιαν	Le cher à Dieu brisera deux fois la putréfaction du serpent
tare	ταραχεουσαν αρην	tourmentant le fixe.

Traduction libre

Le semblable à un mort, sain et sauf, remuera, se montrant sous les traits de Jupiter arrosant la terre.

Par la pluie il détruira la matière noire à purger.

Du volatil (amolli) naîtra le fixe.

Les étrangers ayant conçu la pensée d'emporter pour vendre les choses volées nuitamment, seront fixés, arrêtés par le roi devenu maître.

L'arc-en-ciel apportera au croissant, la facilité d'agir en versant de l'eau en abondance; fortifié contre les porcs, le fils bondira pour punir.

Les volatils (amollis) seront fixés ensemble par le fixe.

La lune éclairera les vivants, elle croîtra en se fixant.

La guerre brisera des membres.

Le justicier sera couronné.

Le cher à Dieu brisera deux fois le serpent putréfié tourmentant le fixe.

JANVIER 1898 — PRÉSAGE LXVII

Désir occult pour le bon parviendra.
Religion, paix, amour et concorde.
L'épithalame du tout ne s'accordra.
Les haut qui bas et haut mis à la corde.

Traduction littérale

Désir	Δεσποσαντος ιρᾳ	Étant investi du pouvoir par l'assemblée
occult	τυφωνος, ογκωμενης υλης	Typhon, matière tuméfiée d'orgueil

pour	πυλαιος ουρανου	celui qui veille aux portes du ciel
le	ληψεται	sera maltraité en actes et en paroles
bon	βοντος	la matière noire
parviendra.	παροιστρησαντος εναγης δρασκασει υΐ	étant agitée de transports furieux, le pur de toute souillure fuira dans la boue puante
Religion,	λιθοκολλα γυια ονακτος ρεζομενου	la pierre unissant les membres du roi immolé (le Pape)
paix,	παιξεται	sera tournée en ridicule
amour	ουρεθροι αμα	le mariage de la France
et	ετεροκλινησαντες	ayant incliné dans une direction irrégulière
concorde.	κογχυλιοις ουρος δεκτεου	par les coquilles (votes) pour l'acceptation de l'épouse
L'épithalame	λεοντοειδης επιθαλαμευσας εραν	celui qui ressemble à un lion (Napoléon) épousera la terre
du	δυναστου	du roi légitime
tout	τουσχατον τεσσαρεσκαιδεκατιτων	jusqu'au dernier de ceux qui célèbrent la Pâque le 14e jour de la lune de mars
ne	νεκρωσεται	sera mis à mort
s'accordera	ακεσιω δραοντι κορ σεμνον	par celui qui guérit (Apollon) honorant le Sacré-Cœur
Les	λησαμενοι	les affiliés aux sociétés secrètes
haut	αυταρχου	du despote
qui	κυισκοντες	ayant conçu le projet
bas	βασιλην	le souverain Pontife
et	ητταειν	d'abattre
haut	αυταρχος	le despote
mis	μισωμενος	objet de haine
à	αυσεται	sera desséché
la	λαο τυγχανοντι	par celui qui protège le peuple
corde.	κορω δειω	au moyen du Sacré-Cœur.

Traduction libre

Une fois que Typhon, matière tuméfiée d'orgueil, aura été investi du pouvoir par l'assemblée, celui qui veille aux portes du ciel (le Pape) sera maltraité en actes et en paroles.

D'un autre côté, la matière noire étant agitée de

transports furieux, le pur de toute souillure fuira dans la boue puante.

La pierre unissant les membres du roi immolé (le Pape successeur du Christ) sera tournée en ridicule.

Le mariage de la France ayant incliné dans une direction irrégulière par les votes pour l'acceptation de l'épouse, celui qui ressemble à un lion (Napoléon) épousera la terre du roi légitime; jusqu'au dernier de ceux qui célèbrent la Pâque le 14e jour de la lune de mars sera mis à mort par celui qui guérit (Apollon) honorant le Sacré-Cœur.

Les affiliés aux sociétés secrètes du despote ayant conçu le projet d'abattre le souverain Pontife, le despote objet de haine sera desséché par celui qui protège le peuple sous les auspices du Sacré-Cœur.

FÉVRIER 1898 — PRÉSAGE LXVIII

(TRADUCTION : SERA DOTÉ DE L'ONCTION DU SACRE)

Pour Razes chef ne parviendra à bout.
Edicts changez, les serrez mis au large.
Mort grand trouvé. moins de foy. bas debout.
Dissimulé, transi, frappé à bauge.

Traduction littérale

Pour	πυλαιω ουρανου	Contre celui qui veille aux portes du ciel
Razes	ραζοντων εσκλητου	des orateurs de l'assemblée du peuple
chef	κεφαλη	le chef
ne	νεικησει	lancera des invectives.
parviendra	παροιστρηλασια εναγης δρασκασας νΐ	pendant le transport furieux, le pur de toute souillure ayant fui dans la boue puante

à	αυσει	dessèchera
bout.	δουν τερατι	la matière noire par l'arc-en-ciel
édicts	σεδαστου εδιδαξαντος τερατογραφω	le roi étant instruit par le prophète
changez,	χαλαζας αγκεντεας ζανος	de la pluie meurtrière de Jupiter
les	λησαμενοι	les affiliés aux sociétés secrètes
serrez	ρεζαντες θηρας	exerçant des poursuites
mis	μισητας	odieuses
au	αυχμησονται	seront brûlés par la chaleur
large	λαρναχι γεννηματος	dans le vase de l'œuvre de Dieu
mort	τεραμονος μορησαμενος	le fixe dissous
grand	γρυπαιετου ανδαιοντος	de l'aigle à bec de griffon incendiaire
trouvé.	τρωυματισομενος υηνια	blessé par la pourriture
moins	ινις σωζομενου μασεται	fils du sauvé cherchera
de	δειχνυειν	à se montrer
foy.	υιος φωτος	fils du soleil
bas	βασιλεος	le roi
debout.	δεχομενος τερατι δουφονωσει	reconnu détruira la matière noire par l'arc-en-ciel
Dissimulé	συμδας υλαις δυσαιθριοις	étant venu aux prises avec les matières ténébreuses
transi	τρανομενος σιω	le manifesté par Dieu
frappé	φρασεται πετραν πεντην	sera appelé Pierre cinquième
à	αφρογενης	né de l'écume
bauge.	δαυκαλιδος γεραρου	du vase privilégié.

Traduction libre

Le chef des orateurs de l'assemblée du peuple lancera des invectives contre celui qui veille aux portes du ciel (successeur de saint Pierre).

Pendant le transport furieux, le pur de toute souillure ayant fui dans la boue puante, dessèchera la matière noire par l'arc-en-ciel.

Le roi étant instruit par le prophète de la pluie meurtrière de Jupiter, les affiliés aux sociétés secrètes exerçant des poursuites odieuses seront brûlés par la chaleur dans le vase de l'œuvre de Dieu.

Le fixe dissous blessé par la pourriture de l'aigle à bec de griffon incendiaire, fils du sauvé du temple, cherchera à se montrer fils du soleil.

Le roi reconnu détruira la matière noire par l'arc-en-ciel.

Étant venu aux prises avec les matières ténébreuses, le manifesté par Dieu sera appelé *Pierre cinquième*, né de l'écume du vase privilégié (semence de Louis XVII, vase privilégié).

MARS 1898 — PRÉSAGE LXIX

Esmeu de loin, de loin près minera.
Pris, captivé, pacifié par femme.
Tant ne tiendra comme on barginera.
Mis non passez. Oster de rage l'âme.

Traduction littérale

Esmeu	εσεται ευς	S'appropriera les biens
de	Δεσποζομενος	investi du pouvoir
loin	λοξοτροχιος ινητεος	Typhon aux replis tortueux, impur
de	Δεσποζομενος	investi du pouvoir
loin	λοξοτροχιος ινητεος	Typhon aux replis tortueux, impur
près	πρησεῖ	par son action de consumer
minera.	μινυθησει εραν	épuisera la terre
Pris,	πριασθαι σταυρω	racheter la couronne par le supplice de la croix (sortant de la putréfaction où il était détenu comme esclave)
captivé,	τιομενος χαπτομενοις υσι	le saint Pontife par les porcs dévorants
pacifié	πακτος ιφι ελελιζων	lié fortement poussant des cris de douleur (ελελυ)
par	παραδηλωσει	suivant l'indication
femme.	μελιζοντος φημιζοντος	du chantre prophétique.
Tant	ταντaλιζομενος	ballotté

ne	νεκρος	privé de vie politique
tiendra	τιομενος ενδρασσομενος	le cher à Dieu enserré
comme	κομμει	à l'état de gomme
on	Οναξ	sacré roi
barginera.	κινησει εραν ϐαρον	reveillera la terre fixe.
mis	μισεομενω σηπηδονι	au serpent odieux
non	νωνυμος	le noir (Saturne)
passez.	σημανεται ζανω πασχᾳ	se montrera sous les traits de Jupiter à Pâques
Oster	τερας οστρακωσει	l'arc-en-ciel brisera en morceaux
de	Δεσποτην	le despote
rage	ραγεις	ayant fait sortir avec violence
l'ame.	λησεα αμεθετον	l'âme immortelle (la vie).

Traduction libre

Typhon aux replis tortueux, impur, investi du pouvoir s'appropriera les biens.

Typhon investi du pouvoir, par son action combustive et corrosive, épuisera la terre.

Le saint Pontife, lié fortement par les porcs dévorants, poussant des cris de douleur, rachètera la couronne des élus par le supplice de la croix, suivant l'indication du chantre prophétique (allusion à l'histoire de Priam, note ci-après).

Le cher à Dieu, ballotté, privé de vie politique, enserré, réduit à l'état de gomme, une fois sacré roi, réveillera la terre fixe.

Le noir (Saturne) se montrera au serpent odieux sous les traits de Jupiter à Pâques.

L'arc-en-ciel brisera en morceaux le despote après avoir fait sortir avec violence la vie de son corps.

NOTE SUR PRIAM

Dans le royaume de Troye, à Laomédon (λαω μεδων, qui commande au peuple) succéda Podarce (ποδαρκης), qui dans la suite fut nommé Priam, parce qu'il avait été racheté, c'est-à-dire volatilisé du fond du second vase où il était retenu. Podarce vient de ποδος, pied, et αρκειν, secourir, comme si l'on disait : secourir un homme lié par les pieds. Priam vient de πριαμαι, racheter, la couronne de Laomédon est la couronne du roi des philosophes donnée à son fils, c'est-à-dire l'élixir sortant de la putréfaction où il était détenu comme esclave ; c'est pourquoi on l'a appelé Priam parce qu'il en a été délivré.

Avril 1898 — Présage LXX

Le loin viendra susciter pour mouvoir.
Vain descouvert contre peuple infini.
De mil congneu le mal pour le devoir.
En la cuisine trouvé mort et fini.

Traduction littérale

De	Δεσποτης	Le tyran
loin	λοξοτροχιος ινητεος	aux replis tortueux, impur
viendra	δραπετοποιησας εναγεα υϊ	ayant fait fuir le pur de toute souillure dans la matière puante
susciter	συσκιαζομενοντερατωδως	entièrement couvert merveilleusement
pour	πυλαιον ουρανου	le portier du ciel
mouvoir,	υρησει ιραν υοφορβιαν μωλοπιζειν	enflammera l'assemblée, troupeau de porcs, à meurtrir.
vain	υδωρ ινησας αυος	le fixe ayant purgé le volatil
descouvert	κουρισας υρ ηρτισμενον δεσμευσει	rajeunissant son feu préparé, entraînera

contre	κονιων τρεσαντας	combattant les lâches
peuple	πευσομενους πλειονοψηφιαν	consultant le suffrage universel
infini.	ινα νυσσειν φυλακτηριον	afin de frapper à mort l'elixir, l'antidote à tous les maux
De	Δεσποτης	le chef (Typhon)
nul	υλης νεκρουσης	de la matière privée de vie
congneu	κονισας υιοτατην γνησιαν	ayant combattu la filiation d'origine
le	λεκτου	de l'appelé
mal	μαλακοψυχος	lâche
pour	πυλαιω ουρανου	vis-à-vis du portier du ciel
le	λεια	la pierre
devoir	δηλησεται ιραν υοφορβιον	détruire l'assemblée, troupeau de porcs
en	εναγισει	il rendra des honneurs funèbres
la	λαοτοχιδη	à l'enfant de la providence du peuple
cuisine	κυισκων ινησεας	portant dans son sein des châtiments
trouvé	υηνιά τρωυματιζοντι	contre la pourriture l'ayant torturée
mort	μορτο ποιησαντι τερατωδως	l'ayant fait mourir terriblement
et	ετι	avec
fini.	φιντατοις ιερων	des amis dévoués de la religion.

Traduction libre

Le tyran aux replis tortueux, impur, ayant fait fuir le pur de toute souillure dans la matière puante, merveilleusement couvert, enflammera l'assemblée, troupeau de porcs, pour meurtrir le portier du ciel.

Le fixe ayant purgé le volatil, rajeunissant son feu préparé, enchaînera en combattant les lâches ayant consulté le suffrage universel pour frapper à mort l'élixir, l'antidote à tous les maux.

Typhon, le chef de la matière privée de vie, ayant combattu la filiation d'origine légitime de l'appelé, lâche vis-à-vis du portier du ciel, la pierre détruira l'assemblée, vrai troupeau de porcs.

Il rendra des honneurs funèbres au fils de la providence du peuple, portant dans son sein des châtiments contre la pourriture l'ayant torturé, l'ayant fait mourir d'une façon terrible avec des amis dévoués de la religion.

May 1898 — Présage LXXI

Rien d'accordé, pire plus fort et trouble.
Comm il estoit, terre et mer tranquiller.
Tout arresté ne vaudra pas un double.
Dira l'iniq, conseil d'anichiler.

Traduction littérale

Rien	ρυεντι	Par le se répandant
d'accordé	δεσποζομενω ακαταγωνιστω χορω δειω	devenu maître invincible par le Sacré-Cœur
pire	πυρειω	foyer d'autel, caillou
plus	σειρανεται πλυσεῖ	sera desséché par la pluie
fort	φορτοστολος τυφων	Typhon, chef d'État
et	εταιρια̨	en compagnie
trouble.	τρωυματιζοντων βλεντων	de ses bourreaux armés.
Comm'il	υλη χομμι	matière à l'état de gomme
estoit,	ιτεα ηστομενω	devant marcher au fixe.
Terre	ρηξασαν τερατωδιος	brisé prodigieusement
et	εταιρησεσι	par les prostitutions
mer	μερισι	par les divisions, les factions
tranquiller.	τρανομενος χυσει ιλλειν εραν	le manifesté concevra la pensée de regarder avec amour la terre de France
Tout	τουσχατον τεσσαρεσκαιδεχατιτων	jusqu'au dernier des hérétiques ayant choisi le 14e jour de la lune de mars
arresté	αρρηνι στεοριμενω	par le mâle affermi
ne	νεχροσονται	seront mis à mort
vaudra	δρασσομενους υδωρ-αυον	fuyant devant la lune-soleil
pas	πασσων	couvrant de poussière
un	ινας	les forces

double.	δουλειας βλητριμου	esclaves de la Révolution
Dira	δις ραγδαιος	deux fois le violent
l'iniq	ληστη υς νικησεται	usurpateur Typhon sera vaincu
conseil	κονιων σειληνιζων	combattant en se moquant insolemment (à la manière des silènes)
d'anichiler.	Δεσποτη ερα χυλω ανικμαζοντι	par le roi terre à suc séché.

Traduction libre

Par le volatil devenu maître invincible par la vertu du Sacré-Cœur, pierre d'autel, sera desséché par la pluie Typhon, chef d'État, en compagnie de ses bourreaux armés.

Matière à l'état de gomme marchant au fixe.

Le manifesté concevra la pensée de regarder avec amour la terre de France prodigieusement brisée par les prostitutions, les divisions, les factions.

Jusqu'au dernier, les hérétiques ayant choisi le 14e jour de la lune de mars seront mis à mort par le mâle affermi, fuyant devant la lune-soleil qui couvrira de poussière les troupes esclaves de la Révolution.

Deux fois le violent usurpateur Typhon sera vaincu, combattant en se moquant insolemment (à la manière des silènes) par le roi, terre à suc séché.

Juin 1898 — Présage LXXII

Portenteux fait, horrible et incroyable !
Typhon fera esmouvoir les meschans :
Qui puis après soustenus par le cable,
Et la plus part exilez sur les champs.

Traduction littérale

Portenteux	πορθμευως ενταφιομενου ευξυνθετου	Étant enseveli le pilote, fidèle à ses engagements
fait	φαεθονος ιτεων	soleil pour ceux qui font le voyage de la vie
horrible	ρυαχετος βλεπτεος ορρωδιᾳ	la multitude confuse, bryante qui doit être regardée avec horreur
et	ετυμοις	par les amis de la vérité
incroyable !	ινησεται χρουνω αβλητω	sera purgée par l'eau jaillissante, invulnérable
Typhon	φωνασκοις τυφονος	aux coryphées de Typhon
fera	φεραντος ραγεντος	volant, détruisant
esmouvoir	υρωσαντος ιραν υοφορβιον μωλοπιζειν εσλυτους	ayant enflammé l'assemblée, troupeau de porcs pour meurtrir les gens distingués par l'esprit et la fortune
les	ληεσθαι	devra être caché
meschans :	μεσιτης χανων σεβαστω	le chantre interprète, par le roi.
Qui	κνισκοντες	ayant eu la pensée
puis	υς πυθωντες	les porcs putréfiés
après	πρηττηρος ανακτος	du serpent-roi
soustenus	νυσσειν σωζόντα υστεροποτμον	de frapper le préservé, revenant après avoir été cru mort
par	παροιστρους	les agités de transports furieux
le	λευκομενω	par le blanchi
cable	βλητω καταβησονται	qui se défend en frappant, seront abattus.
et	εταιροζουσα	aidant
la	λαχη	la Providence divine
plus	πλυσει σειριουση	par le lavage desséchant
part	τερατι παρτιθεντι	présenté par l'arc-en-ciel
exilez	ζαν εξίλλησει λησαμενους	Jupiter chassant les affiliés des sociétés secrètes
sur	συρων	faisant évacuer
les	λῃστας	les voleurs
champs.	χαμαι ψηφου	de la terre du suffrage.

Traduction libre

Le pilote fidèle à ses engagements, phare pour ceux qui font le voyage de la vie, étant enseveli, la multitude confuse et bruyante qui doit être regardée avec horreur par les amis de la vérité sera purgée par l'eau jaillissante invulnérable.

Aux coryphées de Typhon volant, détruisant, ayant enflammé l'assemblée, troupeau de porcs, pour meurtrir les gens distingués par l'esprit et la fortune, le chantre-interprète devra être caché par le roi.

Les porcs putréfiés du serpent-roi ayant eu la pensée de frapper le préservé revenant après avoir été cru mort, les agités de transports furieux seront abattus par le blanchi qui se défend en frappant.

La Providence divine aidant par le lavage desséchant présenté par l'arc-en-ciel, Jupiter chassera les affiliés des sociétés secrètes et fera évacuer les voleurs de la terre du suffrage.

Juillet 1898 — Présage LXXIII

Droit mis au throsne du ciel venu en France.
Pacifié par vertu l'univers.
Plus sang espandre. bien tost tourner chance,
Par les Oyseaux, par feu et non par vers.

Traduction littérale

Droit	δροσω ιτεοντι	Par la pluie tombante
mis	μισανθροπων	de l'ennemi des hommes
au	αυθεντησας	étant devenu maitre
throsne	θρονισεται νεος σωζομενου	sera mis sur le trône le fils du sauvé du temple
du	δυσνικητος	invincible
ciel	χυανεω νελιζοντι	à l'état de Saturne, transparent comme verre
venu	υη νικαοντι	à l'état de Jupiter (dieu de la pluie), triomphant

en	ενιζητεος	pour unifier
France	φραγγιαν κειμενην	la terre dissoute propre à être fixée, gisante
Pacifié	πακτωσεται ιφι ηλιω	sera lié fortement par le soleil
par	παριστοντι	subjuguant
vertu	υιος εραστος τυχης	le fils aimé par la Providence
l'univers.	λαω ινιω υγρου ερσηνος	au peuple enfant de Vénus et de Mars
plus	πλυσις	lavage
sang	αγοντος σεισμον κωλοις	du sang
espandre,	ανδρειου εσπασαμενου	humain tiré
Bien	εναιρεμενων βια	détruites violemment
tost	οστεοις τερατων τετιμενων	pour les ossements (les noyaux) des prophéties vengeresses
tourner	τοξοταις υρειου νερθερου	par les soldats mercenaires de l'incendiaire mort
chance.	χανων γεραρεται	le chantre sera comblé d'honneurs
Par	παρασθησας	ayant mis sous les yeux
les	λεσχηνοριος	Mercure (présidant aux assemblées, des dieux)
Oyseaux	οιστεος υλην εαταν	devant conduire la matière fixe
par	παρασθησας	la montrant
feu	φευκτεω	à l'état volatil
et	ετι	et
non	νωνυμου	du noir (Saturne)
par	παρασθησας	la montrant
vers	υγρω-ερσηνω	à l'état de lune-soleil.

Traduction libre

Étant devenu maître de l'ennemi des hommes par la pluie tombant, le fils du sauvé du temple sera mis sur le trône, invincible à l'état de Saturne, transparent comme verre et à l'état de Jupiter (dieu de la pluie) triomphant, pour unifier la France gisante (terre dissoute propre à être fixée).

Le fils chéri de la Providence sera lié fortement par le soleil subjuguant, au peuple enfant de Vénus et de Mars.

Lavage du sang humain tiré.

Le chantre sera comblé d'honneurs pour les ossements (les noyaux) des prophéties vengeresses détruites violemment par les soldats mercenaires de l'incendiaire Typhon mort,

Ayant mis sous les yeux Mercure conduisant la matière fixe, en la montrant passer du sec à l'état de volatil et du noir (Saturne) à l'état de lune-soleil.

QUATRAINS DIVERS

Venant appuyer les prophéties déjà présentées

Centurie I — Quatrain 26

Le grand du foudre tombe d'heure diurne
Mal et prédict par porteur postulaire
Suivant présage tombe d'heure nocturne
Conflict Reims, Londres, Etrusque pestifère.

Traduction littérale

Le	λευκοφαιος	Le gris (Jupiter)
grand	γρυπαιετον ανδαιοντα	l'aigle à bec de griffon incendiaire
du	δυναστευσει	dominera (vaincra)
foudre	υδατι φωσκοντι ρεοντι	par une pluie brillante lancée
tombe	τομοντι βηλοις	perçant par ses traits
d'heure	δεοντι ευρωτα	fixant la pourriture
diurne,	διαβαλλοντι υρ νεον	en traversant le feu liquide
mal	μαλαξονται	seront anéantis
et	εταιροι	les compagnons
predict	πρηθονος δικτατορος	du brûlant dictateur
par	παραδηλωσεϊ	suivant l'indication
porteur	πορθμεως ευρυθμου	du batelier de la barque hespérique, harmonieux
postulaire,	αιρετεοντος ποσειδονα τυλοντος	devant vaincre l'élément liquide en l'endurcissant
suivant	συες αντιοι ιυ	les porcs ennemis par Jupiter
présage	εναγεις πρησονται	soumis à l'expiation, seront brûlés
tombe	βηλοις τομοις	par des traits perçants
d'heure	δεοντοις ευρωτα	fixant la pourriture
nocturne,	νοθου κτητορος, υρος νεου	de l'illégitime possesseur, feu liquide
conflict	κοναβεοντι φλεγματι ικτεοντι	par le retentissant feu volatilisé
Reims	σεβαστου ιμερτου ρηξεται	du roi désiré, sera brisé
Londres	σηπεδων λων δρεπειν	le serpent (Typhon) voulant moissonner
Etrusque	υς κυεων ετριοσθαι	Typhon ayant eu la pensée de blesser
pestifère	τιομενον φερετριω πεσουται	le cher à Dieu, par Jupiter sera vaincu.

Traduction libre

Le gris (Jupiter) triomphera de l'aigle à bec de griffon incendiaire au moyen d'une pluie brillante, lançant des traits perçants, fixant la matière en putréfaction en traversant le feu liquide.

Les compagnons du dictateur incendiaire seront anéantis, suivant l'indication du batelier harmonieux de la barque hespérique, devant vaincre l'élément liquide en l'endurcissant.

Les porcs ennemis soumis à l'expiation seront brûlés par Jupiter perçant de ses traits, fixant la matière en putréfaction de l'illégitime possesseur, feu liquide.

Par le retentissant feu volatilisé du roi désiré sera brisé le serpent Typhon voulant moissonner; Typhon ayant eu la pensée de blesser le cher à Dieu sera vaincu par Jupiter.

Centurie IV — Quatrain 55

Quand la Corneille sur tour de brique joincte,
Durant sept heures ne fera que crier,
Mort présagée de sang statuë taincte,
Tyran Meurtry, aux Dieux peuple prier.

Traduction littérale

Quand	ανδυομενη χυανεου	Sortant de la couleur noire
la	λαμπουσα	éclairant
Corneille	χορια νεα ειλεουσα	Diane nouvelle enveloppée
sur	συρρηξει	brisera
tour	τοξευουσα υρι	perçant avec le feu
de	Δεσποτην	le despote

brique	χυεοντα βρυχειν	ayant conçu la pensée de submerger
joincte,	κτεινειν τον ινιον	de tuer Jupiter enfant
Durant	Δυρουμενος αντιου	se plaignant de l'ennemi
sept	σηπτου	en putréfaction
heures	σεβαστος ευρημα	le roi remède
ne	νεκρωσει	privera de vie, paralysera
fera	θηραν	la bête féroce
que	χυεουσαν	ayant conçu la pensée
crier,	κρινειν εραν-ερασταν	de mettre en morceaux la terre-aimée
mort	μωρησει τυφων	mourra Typhon
présagée	πρησεσι αγεσι εσταμενου	par des brûlures expiatoires du fixe
de	δεικνυοντος	se montrant
sang	αγοντος σεισμον κωλοις	comme le sang dont l'action est douce, vivifiante et génératrice
statuë	σταθησομενου τυφονος ελαυνομενου	établi à la place de Typhon vaincu (le tréma signifie deux ans après mars 1896 date de l'interprétation).
taincte.	ταγου ινητεου κτεινομενου	chef impur tué
Tyran	αναξ τυροων	le chef révolutionnaire
meurtry	υρ υιου μεδουσης ερυξεται	feu du rejeton de Méduse sera épuisé
aux	αυξησει	pendant la sublimation
Dieux	ευσυμβατω διω	par celui qui est d'accord avec Dieu
peuple	πευσομενων πλειονοψηφιαν	des consultants le suffrage universel
prier.	πριασαντι εραν	ayant délivré d'esclavage (racheté) la terre

Traduction libre

Diane nouvelle enveloppée, éclairant en sortant de la couleur noire, brisera en perçant avec le feu, le despote qui avait conçu la pensée de faire mourir par submersion Jupiter enfant.

Le roi remède à tous les maux (élixir) se plaignant de l'ennemi en putréfaction paralysera la bête féroce qui avait conçu la pensée de mettre le bien-aimé en morceaux.

Typhon mourra des brûlures expiatoires du fixe s'étant manifesté comme le sang dont l'action est douce, vivifiante et génératrice, établi à la place de Typhon vaincu, chef impur tué, deux ans après mars 1896 date de l'interprétation.

Le chef révolutionnaire, feu du rejeton de Méduse sera épuisé pendant la sublimation par celui qui est d'accord avec Dieu, ayant ainsi délivré d'esclavage (racheté) la terre des consultants le suffrage universel.

Centurie III — Quatrain 26

Des Roys et Princes dresseront simulacres,
Augures creux eslevez aruspices :
Corne victime dorée et d'azur d'acre,
Interpretez seront les extispices.

Traduction littérale

Des	Δεσποτης	Le despote
Roys	υς ρουσιος	porc roux (Typhon)
et	εταιριζομενος	accompagné
Princes	σηπτων κειμενων πριν	des putréfiés établis aux premiers rangs
dresseront	σηραντων οντα δρησεται	grinçant des dents contre les réalités, sera mis en fuite
simulacres,	συμβατος υλαις ακρηταις σεβαστου	étant venu aux prises avec les matières sans mélange du roi
Augures	αυγη υρεσσομενη σηπεδων	Typhon, torche enflammée
creux	ευσυμβατος κραδαιονταις	d'accord avec les révolutionnaires
eslevez	εσβησεται λεπτοτομησεται υετω ζανος	sera éteinte, sera hachée en morceaux par la pluie de Jupiter
aruspices :	αρυσθησεσθαι κεσκετω σπιλωμενω	pouvoir être recueillie en matière fixe sale
Corne	κορια νεα	la lune nouvelle
victime	υϊ κτεινοτεω ιμενησει	s'élancera contre Typhon pour l'immoler

dorée	δορεσι εσταμενοις	avec des forces fixes
et	εταιριζονταις	auxiliaires
d'azur	δηλοουσα υρ αζαινομενον	se montrant feu desseché, fixe
d'acre,	δηλοουσα ακρητον	se montrant sans mélange, pur
interprétez	ινις τερας πρητομενον εζημα	l'enfant envoyé de Dieu revendiquant le trône
seront	σηραοντοις οντους	contre ceux qui poursuivent les propriétaires
les	λησται	les voleurs
extispices	εκτισονται κεσκετω σπιλομενω	seront châtiés par la fixation en pierres sales

Traduction libre

Le despote Typhon (porc roux) accompagné des putréfiés établis aux premiers rangs, grinçant des dents contre les lois et les droits de Dieu, en étant venu aux prises avec les matières sans mélange du roi, sera mis en fuite.

Typhon, torche enflammée d'accord avec les révolutionnaires sera éteinte, sera hachée en morceaux par la pluie de Jupiter et pourra être recueillie en matière fixe sale.

La lune nouvelle s'élancera contre Typhon pour l'immoler avec des forces fixes auxiliaires, se montrant feu desséché fixe sans mélange.

L'enfant envoyé de Dieu revendiquant le trône contre ceux qui poursuivent les propriétaires, les voleurs seront châtiés par la fixation en pierres sales.

Centurie I — Quatrain 70

Pluye, faim, guerre en Perse non cessée,
La foy trop grande trahira le Monarque :
Par la finie en Gaule commencée,
Secret augure pour à un estre parque.

Traduction littérale

Pluye	πλυσισ υετω	Lavage par la pluie
faim	φαγεδαινα ιμει	une faim dévorante viendra
guerre	ερις γυια ρηξει	la guerre brisera des membres
en	εναγεες	les criminels
Perse non	σειριοσσομενοι περσονται	atteints d'une inflammation du cerveau par insolation seront détruits
	νωνυμιᾳ	sous la couleur noire
cessée,	κεσουσι σειρας εσθιουσας	ils rendront par les selles des cordes brûlantes.
La	λαμπαδι	par l'arc-en-ciel
foy	υιος φωτος	le fils du soleil
trop	τροποιουχησει	triomphera
grande	γρυπαιστου ανδεοντος	de l'aigle à bec de griffon couronné
trahira	ιρᾳ πραχνουμενᾳ	par l'assemblée irritée
le	ληταρχον	le Pontife-
Monarque ;	μοναρχον κυεοντος αρκεειν	roi, ayant eu la pensée de faire suspendre
Par	παραιρησας	ayant supprimé
la	λαμπαδιαν	lumen in cœlo
finie	φυλακτα ιερων	défenseur des choses sacrées
en	εναντιος	l'ennemi
Gaule	υλης γαλακτινης	de la matière blanche
commencée	μενοινησει κεεσθαι κομητην	désirera ardemment terrasser le chevelu ou κομμι celui qui est à l'état de gomme.
secret	κρητῃ σεβαστῃ	par la puissance divine
augure	αυγην υρεσσομενην	la torche enflammée
pour	πυλαιον ουρανου	le portier du ciel
à	αξασαν	ayant brisé
un	ινις	le fils
estre	εσταμενος ρεων	à l'état de fixe coulant
parque	παρακαθισει υετω	fixera par la pluie

Traduction libre

Lavage par la pluie.
Une faim dévorante surviendra.
Le guerre brisera les membres

Les criminels atteints d'inflammation du cerveau par insolation seront détruits; sous la couleur noire ils rendront par les selles des cordes brûlantes.

Par l'arc-en-ciel le fils du soleil triomphera de l'aigle à bec de griffon couronné ayant eu la pensée de faire suspendre le Pontife-roi par l'assemblée qu'il aura irritée.

Après avoir supprimé le Pape, *Lumen in cœlo,* défenseur des choses sacrées, l'ennemi de la matière blanche désirera ardemment terrasser celui qui est à l'état de gomme (le chevelu).

La torche enflammée ayant brisé le portier du ciel, avec l'assistance de la toute-puissance divine le fils à l'état de fixe coulant la fixera par la pluie.

Centurie IX — Quatrain 46

Vuydez, fuyez de Tholose les rouges,
Du sacrifice faire piation ;
Le chef du mal dessous l'ombre des courges
Mort estrangler carne Omination.

Traduction littérale

Vuydez	ζαν δηλωσας υγρω υΐ	Jupiter s'étant montré à la matière puante volatile
fuyez	φυξουσι υετω ζανος	fuiront sous la pluie de Jupiter
de	δεσποζοντος	régnant
Tholose	σηπεδονος θολοοντος	le serpent en putréfaction
les	λησται	les brigands
rouges,	γενησεως ρουσιου σηπεδονος	de la race du serpent roux
Du	Δυναστην	l'investi du pouvoir
sacrifice	σαλαγησαντα ιφι χρεμανvομενον κεκα[illegible]αρμενον	ayant maltraité fortement suspendu la tête en bas
[illegible]		

faire	ιρεα φαρον	le Pontife, phare
piation ;	οναξ τιομενος πιασει	le roi cher à Dieu foulera aux pieds ;
Le	λεοντοειδης	Le semblable à un lion (Napoléon)
chef	κεφαλη	chef
du	δυναστευων	investi du pouvoir
mal	μαλακον	le dissous
dessous	σουσθαι δεσμενειν	désirer ardemment lier
l'ombre	λευκομενος ομβρεων	le blanchissant pleuvant
des	δεσποσει	se rendra maître
courges,	κουραλιζοντων γενησεως	des rouges de la race du serpent.
mort	μωρησει τυφων	mourra Typhon
estrangler	εστρωνυμενος αναλινομενος ερᾳ	calmé, couché à terre
carne	χαρτερω νεω	par le fixe rajeuni
Omination	οναξ τιομενος ιναων ομβρω	roi cher à Dieu purgeant par la pluie

Traduction libre

Jupiter s'étant montré à la matière puante volatile sous le règne du serpent en putréfaction, les brigands de la race du serpent roux fuiront sous la pluie de Jupiter.

Le roi cher à Dieu foulera aux pieds l'investi du pouvoir qui aura maltraité en le suspendant brutalement la tête en bas, le Pontife, phare.

Napoléon semblable à un lion, chef investi du pouvoir aspirant avec ardeur à lier le dissous, celui-ci prenant la couleur blanche, se rendra maître des rouges de la race du serpent, au moyen de la pluie.

Typhon mourra calmé, couché à terre par le fixe rajeuni, roi cher à Dieu purgeant par la pluie.

Centurie V — Quatrain 66

Sous les antiques édifices vestaux
Non esloignez d'aqueduct ruiné
De sol et lune sont les luisants métaux
Ardente lampe trajan d'or buriné.

Traduction littérale

Sous	υς σουται	Typhon lancera
les	λησαμενους	les affiliés des sociétés secrètes
antiques	αντιους σεμνων κυεοντας	ennemis des religieux, ayant conçu la pensée
édifices	κεσθαι εδοντας ιφι	de renverser, ceux qui alimentent avec courage
vestaux,	υρ εστιαδων αυξοσεληνω	le feu des vestales, pendant la croissance de la lune
non	νωνυμος	le noir (Saturne)
esloignez	εσσεμενος γνησιου ζανος λοιβαις	revêtant le costume du vrai Jupiter par les libations de pluie
d'aqueduct	δηιωσας αχυλωσει λεγομενον δυακις κταομενον	ayant déchiré, desséchera l'élu, deux fois vaincu,
ruiné,	ρυαχετου ινητεου	de la multitude confuse et bruyante à purger
De	Δεσποτης	le despote
sol	σολοικοφανης	ressemblant à un solécisme
et	ετεχλησος	machinant des complots
lune	λυκη νεᾳ	contre la lune nouvelle
sont	σοντι τερατι	sauveur envoyé de Dieu
les	λησαμενοι	les affiliés des sociétés secrètes
luisants	υς λυομενη αντια σηπεδονος	matière dissoute ennemie au serpent
métaux,	μεταλλαξονται αυξησεῖ	seront mis à mort pendant la sublimation.
ardente	αρδομενη ενθεα	rendue plus vive animée d'un transport divin
lampe	λαμπηνη	la lumière de la lampe
trajan	τραχηλισεται ιανω	sera terrassée par Jupiter
d'or	δορυ	l'armée
buriné,	βυρσαιετου ινητεου	de l'aigle noir à purger

Traduction libre

Typhon lancera les affiliés des sociétés secrètes ennemies des religieux, ayant conçu la pensée de renverser ceux qui alimentent avec courage le feu des vestales, alors que la lune sera en croissance.

Le noir Saturne revêtant le costume de Jupiter d'origine légitime après l'avoir déchiré, dessèchera l'élu de la multitude confuse et bruyante à purger, deux fois vaincu.

Le despote ressemblant à un solécisme, machinant des complots contre la lune nouvelle, sauveur envoyé de Dieu, les affiliés des sociétés secrètes matière dissoute ennemie sous la domination du serpent, seront mis à mort pendant la sublimation.

Alors que rendue plus vive la lumière de la lampe sera comme animée d'un transport divin, l'armée de l'aigle corroyeur (noir) sera terrassée par Jupiter.

Centurie VIII — Quatrain 56

La bande faible la terre occupera
Ceux du haut lieu feront horribles cris,
Le gros troupeau d'estre coin troublera
Tombe près Dinebro descouvers les escris.

Traduction littérale

La	λαος σοος	Le sauveur du peuple
bande	δησει βαναυσους	arrêtera, liera les ouvriers
faible	φοιβομενους βληστριμω	enthousiasmés pour la révolution
la	λαμπαδι	par le météore (arc-en-ciel)
terre	ρηξεται τερατω δως	sera brisé prodigieusement

occupera,	ογκωμενον υπεραρχοντα εραν	Typhon enflé d'orgueil régnant sur la terre
Ceux	ξενοι κευθυμενοι	les Mercenaires (étrangers) dont le nom doit être caché
du	δυναστευσονται	seront dominés
haut	αυτεξουσιω	par le roi légitime
lieu	λυσονται υες	seront détruits les porcs
feront	σηραντες οντοις	grinçant des dents contre les lois et les droits de Dieu
horribles	ρυαχετον βλεπτεοντα ορρωδια	multitude confuse et bruyante devant être regardée avec horreur, par le roi.
cris,	κρισεσι	selon les arrêts
Le	λησταρχω	par le chef des brigands
gros	χρονος σεμνος	le vénérable Saturne
troupeau	τρωυματιθεις, πεδηθεις	ayant été maltraité, ayant été tenu à l'écart
d'estre	δυναστη εσταμενω ρεοντι	par le roi fixe coulant
coin	ινιω χωσονται	fils de Saturne (Jupiter) seront enterrés
troublera,	τρωυματιζοντες βλεντοι ραγδαιδι	les malfaiteurs armés violents
Tombe	τομομενοι βηλοις	mutilés par les coups
près	πρηστηρος	du tonnerre
Dinebro	Διος νεβρου	de Jupiter revêtu de couleurs variées
descouvers	Δεσποτου κουρισαντος υρ ερσην	roi ayant rajeuni son feu mâle
les	λησαμενοι	les affiliés des sociétés secrètes
escris.	κρυψονται εσθητος σηπτου	seront couverts d'un sale vêtement

Traduction libre

Le sauveur du peuple liera les ouvriers enthousiasmés pour la révolution ; par le météore (arc-en-ciel) sera brisé prodigieusement Typhon enflé d'orgueil.

Les mercenaires (étrangers) dont le nom doit être caché seront maîtrisés par le roi légitime ; les porcs grinçant des dents contre les lois et les droits de Dieu, multitude confuse bruyante devant être regardée avec horreur, seront détruits par le roi, selon les arrêts.

Le vénérable Saturne ayant été maltraité, tenu à l'écart par le chef des brigands, les malfaiteurs armés, violents, seront enterrés par le roi, fixe coulant, fils de Saturne (Jupiter).

Les affiliés des sociétés secrètes mutilés par les coups de tonnerre de Jupiter revêtu de couleurs variées, roi ayant rajeuni son feu mâle, seront habillés d'un sale vêtement.

Centurie II — Quatrain 75

La voix ouye de l'insolit oyseau,
Sur le canon du respiral estage :
Si haut viendra du froment le boisteau,
Que l'homme d'homme sera antropophage,

Traduction littérale

La	λακιζομενων	Étant mis en pièces
voix	υων οιξαμενων	les porcs dévoilés
ouye	υετω ουρανου	par la pluie du ciel
de	δεσπωσει	régnera
l'insolit	ινις σωζομενου λυτος	le fils du sauvé du temple, délivré d'esclavage
oyseau,	οιστεος υλῃ εατω	devant aboutir à la matière fixe
sur	συρρηξεται	sera brisé
le	λησταρχος	le chef des brigands
canon	κανωκιως	suivant les règles
du	δυναστῃ	par le roi
respiral	ρησσοντι πυρι αλφω	volatil, feu blanchissant
estage :	εσταμενῳ εναγει	fixe, pur de toute souillure,
si	συς	le porc (Typhon)
haut	αυταρχος	despote
viendra	δραπετοποιησας εναγεα υῒ	ayant fait fuir le pur de toute souillure dans la matière puante
du	δυναστευσας	étant dominé

froment	τιομενω φροεοντι μηνοειδεϊ	par le cher à Dieu portant la forme du croissant
le	λεοινεται	sera mis en pièces
boisteau	βοαων ισταμενος ανω	jetant des cris, établi en matière fixe
que	χυεων	ayant conçu la pensée
l'homme	ληταρχος ομβρεειν μηνην	le chef des brigands de submerger la lune
d'homme	δυναστης-μηνη	le roi-lune couvrira de pluie
sera	θηραν	la bête féroce
antropophage	αντροπησας φοινιχα αγεα	ayant suspendu, la tête en bas, le phénix (Pape) vénérable

Traduction libre

Alors que les porcs dévoilés auront été mis en pièces par la pluie du ciel, le fils du sauvé du temple, délivré d'esclavage, devant aboutir à la matière fixe régnera.

Le chef des brigands sera brisé, suivant l'art, par le roi, feu volatil blanchissant, fixe, pur de toute souillure.

Le porc (Typhon) despote ayant fait fuir le pur de toute souillure dans la matière puante, dominé par le cher à Dieu aspirant à la forme de croissant, sera mis en pièces, jetant les hauts cris, puis établi en matière fixe.

Le chef des brigands ayant eu la pensée de submerger la lune, le roi lune couvrira de pluie la bête féroce qui aura suspendu la tête en bas le vénérable phénix (le Pape).

Centurie IX — Quatrain 32

De fin porphire profond collon trouvée
Dessous la laze escripts capitolin,
Os poil retors Romain force prouvée
Classe agiter au port de Methelin.

Traduction littérale

De	Δεσποτου	Du roi
Fin	φιντατος	l'ami dévoué
porphire	πορσυνων φυρσων ην	préparant, cuisant la matière
profond	προφητευων ονδε	interprétant la prophétie, en toute vérité
collon	κολλαοντος ονακτος	le roi étant à l'état de gomme
trouvée,	τρωυματισεται υηνια	. . . .
Dessous	υς σουσμενους δεσμευειν	les porcs désireux d'enchaîner
la	λαμπτηρεχοντα	le tenant la lumière
laze	ζευς λακτισει	Jupiter mettra en pièces
escripts	χρυπτων εσθητος σελαγοντος	revêtu d'un habit lumineux
capitolin,	λαπυρωσονται τολμηροι ινητεοι	seront séchés par le feu les audacieux impurs
Os	Οσιρις	L'œil qui voit tout, qui éclaire tout
poil	ποινηλατησει υλην	châtira la matière
retors	ορσασαν ρητοροις	mise en mouvement par les orateurs de l'assemblée
Romain	ρωμη ιναουσα	contre la force purifiante de Rome
force	χεισας φορυτον	fixant à terre le mélange confus
prouvée,	προαρχοντα υηνια εσθιουση	ayant attaqué le premier par la pourriture dévorante
classe	κλας σεβαστος	le rejeton royal
agiter	αγιαζωμενος τερατωδως	consacré merveilleusement
au	αυγησει	brillera
port	πορθμευων	passant
de	δηλως	manifestement
Methelin.	λινω μεθεοντι	à la blancheur cherchée, désirée.

Traduction libre

L'ami dévoué du roi préparant, cuisant la matière, interprétant la prophétie en toute vérité, le roi étant à l'état de gomme, sera.....

Jupiter revêtu d'un habit lumineux mettra en pièces les porcs désireux d'enchaîner celui qui tient la lumière de la lampe ; les audacieux impurs seront séchés par le feu.

Osiris (l'œil qui voit tout, qui éclaire tout) châtiera la matière mise en mouvement par les orateurs de l'assemblée contre la force purifiante de Rome fixant à terre le mélange confus qui avait attaqué le premier par la pourriture dévorante.

Le rejeton royal, consacré merveilleusement, brillera passant manifestement à la couleur blanche cherchée, désirée.

Centurie VIII — Quatrain 66

Quand l'escriture D. M. trouvée
Et cave antique à lampe decouverte,
Loy, Roy et Prince Ulpian esprouvée
Pavillon, Royne et Duc sous la couverte.

Traduction littérale

Quand	ανδυομενος κυανεου	Sortant de la couleur noire
l'escriture	λητουργος εσθλομανης τυρευων εστιαν κροπτουσαν	le Ministre de l'œuvre, passionné pour le bien, remuant le feu caché
D. M.	Διονυσιος δεοφαντος M	le manifesté de Dieu M.
trouvée	τρωυματισεται υηνιᾳ εσθιουσῃ	sera . . . .
et	ετεχληνοντες	machinant des complots
cave	καυσονται υετω	seront dessechés par la pluie,
antique	αντιοι κυεοντες	les ennemis ayant eu la pensée
à	αιρειν	de faire disparaître
lampe	λαμπηνην	la lumière de la lampe
découverte	δεαν κουρισασαν υρ ηρτεμενον	divine rajeunissant son feu préparé
Loy	λοξοτροχιου υιες	Les fils de Typhon, les Typhoniens
Roy	υς ρουσιος	le Typhon roux
et	εταιριζοντες	s'adjoignant comme compagnons

Prince	χειμενοι πριν	ceux établis aux premiers rangs
Ulpian	υλην πιουσαν ανω	l'élixir céleste, l'or potable
esprouvée,	εστησονται	seront rendus fixes,
Pavillon	προαρξαντες υηνιά εσθιουσῃ ιλλοντες παυστεον	ayant attaqué les premiers par la pourriture dévorante enveloppant pour achever
Royne	νεοντα ρουν	le fixe coulant (la lune nouvelle)
et	εταιριζομενος	accompagné
Duc	Διγαμου	du bigame
sous	υς σουται	Typhon sera précipité
la	λαΐ	par la pierre
couverte	χουρισαντι υρ ηρταμενον	rajeunissant son feu préparé.

Traduction libre

Sortant de la couleur noire, le ministre de l'œuvre, passionné pour le bien, remuant le feu caché, manifesté de dieu, M, sera.....

Les ennemis ayant eu la pensée de faire disparaître la lumière de la lampe divine rajeunissant son feu préparé, seront desséchés par la pluie, au milieu de leurs machinations de complots.

Les partisans de Typhon, le Typhon roux en compagnie des premiers de l'État ayant attaqué les premiers par la pourriture dévorante, l'élixir céleste (l'or potable) seront fixés.

Typhon enveloppant pour l'achever le fixe coulant (la nouvelle lune) en compagnie du bigame (Crispi) sera précipité par la pierre rajeunissant son feu préparé.

Centurie IX — Quatrain 7

Qui ouvrira le monument trouvé
Et ne viendra le serrer promptement,
Mal luy viendra et ne pourra prouvé
Si mieux doit estre Roy Breton ou Normand.

Traduction littérale

Qui	χυισχησας	Le ayant conçu la pensée
ouvrira	ραπτειν υρι ουδεα	de restaurer par le feu la terre de France
le	λεαινομενον	brisée
monument	μονιμον υμενον ενταφιω	immobile, enveloppée d'un linceul, au tombeau
trouvé	τρωυματισεται υηνιᾳ	sera . . . .
et	εταιρος	compagnon, ami
ne	νεχρου	du privé de vie politique
viendra	εναγεος δραστομενου υϊ	pur de toute souillure fuyant dans la matière puante
le	λεονωειδη	par le semblable à un lion (Napoléon)
serrer	θηρασεται ραγδαιως ερας	. . . . , .
promptement,	προμαντις πτερυγωτος μενοιναων τερασι	le prophète ailé aspirant aux signes envoyés du ciel.
mal	μαλαχοφωνος	l'harmonieux
luy	υιος λυχνοφορου	fils de celui qui porte la lampe ardente
viendra	δρασεται υι εναντιω	courra dans la matière noire ennemie
et	εταιρισας	avec de l'aide
ne	νησει	il fixera
pourra	πολεμοντας υρος ραδιου	les combattants du feu volatil
prouvé	προαρχοντας υηνιᾳ εσθιουση	ayant attaqué les premiers par la pourriture dévorante
si	συς	Typhon
mieux	ευσυμβατος μιαρων	d'accord avec les criminels
doit	δοχησας ιτεος	ayant attendu pour marcher l'heure
estre	εσταμενου ρεοντος	du fixe coulant
Roy	υιος ροδιου	le fils du soleil
Breton	βριθος ετον	fixe devant donner la liberté
ou	ουρισει	fixera
Normand	νωνυμον ορνιτα μανδρευοντα	l'aigle noir qui renferme en un lieu clos (qui rend esclave) volatil.

Traduction libre

Celui qui a eu la pensée de restaurer par le feu la terre de France brisée immobile, enveloppée d'un linceul, au tombeau, sera.....

Ami de celui qui est privé de vie politique, pur de toute souillure fuyant dans la matière puante, le prophète ailé aspirant aux signes envoyés du ciel, sera.....

L'harmonieux fils de celui qui porte la lampe ardente courra dans la matière noire ; avec de l'aide il fixera les combattants du feu volatil qui ont commencé l'attaque par la pourriture dévorante.

Typhon d'accord avec les criminels ayant attendu pour marcher l'heure du fixe coulant, le fils du soleil fixe, devant donner la liberté fixera l'aigle noir qui rend esclave (volatil).

Centurie III — Quatrain 2

Le divin verbe donra à la substance
Comprins ciel, terre or occult au fait mystique
Corps, âme esprit ayant toute puissance
Tant sous ses pieds comme au siège célique

Traduction littérale

Le	λεγων	L'Esprit saint
divin	διυπνιζων ινας	éveillant les nerfs
verbe	βεβαιοντος υδατι ερσαντι	du témoin digne de foi par la rosée céleste qui ranime
donra	δοναξι ραδιοις	par des traits volatils
à	αυσεται	sera desseché
la	λακιζοθεις	ayant été déchiré
substance,	συβωτης σταμενος ανκεντεων	le gardeur-pourceaux rendu fixe, tué
compris	πρινσελας χομβουσα	avant que la lumière de la lune
ciel	ελαση χυανεον	ayant chassé le noir,
terre	ρηξεται τερατωδεος	sera brisé merveilleusement
or	ορνυμενος	s'élançant
occult	τυφων ογκωμενη υλη	Typhon, matière enflée d'orgueil
au	αυων	incendiaire

fait	φανηται ιτεοις	soit rendu visible aux vivants
mystique	χυεων μιστυλλειν	ayant eu la pensée de réduire en morceaux
corps	ορπετον σειον χαυσεται	le reptile au mouvement continu sera consumé
âme	αμεταστατω	par l'immuable
esprit	πρυτανεοντι ης	(Mercure) gouvernant la matière
ayant	αυσει αντιους	brûlera les ennemis
toute	τουσχατον τεσσαρεσκαιδεκατιτας	faisant fête le 14e jour de la lune de Mars, jusqu'au dernier
puissance	ις πυθιου κειμενος ανω σιγμάτι	le fils d'Apollon (soleil) établi au ciel sous forme de croissant
tant	ταντaλιζων τιτθην	ébranlant la terre qui s'allonge
soubz	υψοων σωμα ζανω	élevant son corps jusqu'au ciel
ses	σεσεισμενος	le serpent agitateur (Typhon)
pieds	εδαξας πιτυλον σεβαστω	ayant irrité la foule contre le roi
comme	κομμεῖ	à l'état de gomme
au	αυος	le fixe
siège	εγειρομενος σιω	établi par Dieu
Célique	κυησει κενοειν λυμα	concevra la pensée de détruire le fléau

Traduction libre

L'esprit saint éveillant les nerfs du témoin digne de foi, par la rosée céleste qui ranime, le gardeur de pourceaux après avoir été déchiré par des traits volatils sera desséché, tué, rendu fixe.

Avant que la lumière de la lune enveloppée, ayant chassé le noir, soit rendue visible aux vivants, Typhon, matière enflée d'orgueil incendiaire s'élançant avec la pensée de réduire en morceaux, cette lune, sera brisée en morceaux.

Le reptile au mouvement continu sera consumé par l'immuable gouvernant la matière ; le fils d'Apollon pythien (soleil) établit au ciel sous forme de croissant

brûlera jusqu'au dernier des ennemis faisant fête le quatorzième jour de la lune de mars.

Ébranlant la terre qui s'allonge, élevant son corps jusqu'au ciel Typhon, le serpent agitateur ayant irrité la foule contre le roi à l'état de gomme, le fixe établi par Dieu concevra la pensée de détruire le fléau.

Centurie V — Quatrain 53

La loy de Sol et Venus contendans,
Appropriant l'esprit de prophétie ;
Ne l'un ne l'autre ne seront entendans,
Par sol viendra la loy du grand Messie.

Traduction littérale

La	λαολεγοντες	Les orateurs du peuple
Loy	υιες λοξοτροχιου	fils de Typhon, Typhoniens
de	δηιωσουσι	priveront de vie politique
sol	σολον	le disque
et	εταιρον	ami, compagnon
Venus	υδατος ενιημενου υς	de la lune
contendans,	δαῒ ανσταμενοι κονιουσᾳ την	par la torche enflammée combattant celle-ci.
appropriant	απτωσει προαρχοντα αντιον πριαμενον	fixera l'ennemi ayant attaqué le premier, le dissous
l'esprit	λησις πρυτανεων ης	Mercure gouvernant la matière
de	δεορρητω	dictée par Dieu
prophétie :	προφητω νετω	suivant l'interprète de la prophétie, par la pluie
ne	νεικησασα	ayant lancé des invectives
l'un	λαθονω ινητεω	contre le laton à laver
ne	νεανιευσασα	ayant parlé avec témérité
l'autre	λειας αουσασης τρηχολουσασης	de la pierre desséchante, durcissante
ne	νεκρον	le privé de vie politique
seront	σηραντοις οντοις	aux grinçants des dents contre les lois et les droits de Dieu

entendans	εντελει ενιεναι δαις ανσταμενη	la torche excitée commandera d'expulser
par	παραλυομενος	dissous
sol	σολος	le disque du soleil
viendra	δρασσεται υἷ ανχντιω	courra dans la matière puante ennemie
la	λαολεγοντες	les orateurs du peuple
loy	υιες λοξοτρο χιου	fils de Typhon, Typhoniens
du	δυνασταυοντος	régnant
grand	γροπαιετου ανδαιοντος	l'aigle à bec de griffon incendiaire
Messie	μεσολαβησονσι σιά εδαομενα	interr. les d. en.

Traduction libre

Les orateurs du peuple de la race de Typhon priveront de vie politique le disque ami de la lune, excités par la torche enflammée qui combattra celui-ci.

Mercure gouvernant la matière fixera par la pluie l'ennemi qui aura attaqué le premier le dissous suivant l'interprète de la prophétie dictée par Dieu.

Après avoir lancé des invectives contre le laton à laver, avoir parlé avec témérité de la pierre desséchante, durcissante, la torche irritée commandera aux grinçants des dents contre les lois et les droits de Dieu d'expulser le privé de vie politique.

Le disque du soleil dissous courant dans la matière noire ennemie, les orateurs du peuple de la race de Typhon, sous le règne de l'aigle à bec de griffon interrompront les d. en.

Centurie I — Quatrain 48

Vingt ans du règne de la lune passés
Sept mil ans autre tiendra sa monarchie ;
Quand le soleil prendra ses jours lassés
Lors accomplir et mine ma prophétie

Traduction littérale

Vingt	τεγγων ινας γενναιους υιου	En amolissant les forces nobles du fils
ans	ανσειραζητεος	pour contenir
du	δυναμιν	le pouvoir
règne	ρηκτηρος γνησιου	du roi légitime
de	δεχομενος	reconnu
la	λαομενου	désiré
lune	λυκην νεαν	la lune nouvelle
passés,	πασει σεσειμενος	combattra le serpent agitateur
sept	σεπτεους	devant craindre
mil	μιλτωτους	les rouges
ans	ανστφερεσθαι	d'être renversés
autre	αυω τρηχυνουμενους	durcis par le fixe
tiendra	τιομενου δρακων εναντιος	du cher à Dieu le dragon ennemi
sa	σανει	mettra en mouvement
monarchie	αρχεσθαι μοναρχον ιερον	pour faire suspendre le Pontife-roi.
Quand	ανδυομενος κυανεου	sortant de la couleur noire
le	λευκοφαιος	sous les traits de Jupiter (le gris)
soleil	σολος ειλικρινος	le soleil éclatant
prendra	πρηνισει δραπετοποιησας	précipitera la tête la première en le faisant fuir
ses	σεσερινον	le serpent de Mer
jours	ιοις ουρανιοις σειριοις	par des traits célestes brûlants
lassés	λασκονταις σεσιγημενον	rampant avec bruit l'ayant réduit au silence
lors	σηπεδων λοξοτροχιος ραγδαιος	le serpent aux replis tortueux téméraires
accomplir	ακεστω πλυνηθεις ραγδαιως	par celui qui guérit (Apollon) ayant été lavé violemment
et	ετι	et
mine	μινυθεις νησεται	épuisé, sera fixé
ma	μαιευσεῖ	suivant la mise en lumière
prophétie	προφητειας ιερας	de la prophétie sacrée

Traduction libre

Le Typhon agitateur combattra la lune nouvelle en amollissant les forces nobles du fils, pour contenir la puissance du roi légitime reconnu, désiré.

Le Typhon, ennemi du cher à Dieu, agitera les rouges ayant à craindre d'être renversés, durcis par le fixe, pour faire suspendre le Pontife-roi.

Sortant de la couleur noire sous les traits du gris (Jupiter) le disque éclatant précipitera la tête la première, en le faisant fuir, le serpent Typhon par des traits célestes brûlants, rompant avec bruit, après l'avoir réduit au silence.

Le serpent aux replis tortueux, téméraire, ayant été lavé violemment par celui qui guérit (Apollon-soleil) et ayant été épuisé, sera fixé suivant la mise en lumière de la prophétie sacrée.

Centurie III — Quatrain 91

L'arbre qu'estoit par longtemps mort séché
Dans une nuict viendra à reverdir
Coron Roy malade, Prince pied estaché
Craint d'ennemis fera voile bondir,

Traduction littérale

L'arbre	λανθανων αρρεν βρεκτος	Oubliant le mâle, le volatil
qu'estoit	χυσειν ηστομενον ιτεον	devoir porter dans son sein le fixe futur
par	παραστησει	se présentera en concurrence
long	λοξοτροχιω ογκωμενω	avec le typhon aux replis tortueux
temps	τεμενω ψηφιας	dans le temple du suffrage
mort	μωρησεται ταρακτοις	sera dissous par les révolutionnaires
séché,	χερσος σεπτος	le fixe vénérable
Dans	Δαις ανσχησας	la torche enflammée ayant excité
une	υλην νηραν	la matière en eau
nuict	νυκτος ικτεουσης	pendant la nuit (pendant la couleur noire)
viendra	δραπετοποιητεον εναγεα υï	pour faire fuir le pur de toute souillure dans la matière puante

à	αυος	le fixe
reverdir,	ρηξει υδατι ερσαντι υρεα	détruira par la pluie arrosant l'incen diaire
Coron	οναχτι χορια	par le roi à l'état de lune
Roy	υιω ροδιου	fils du soleil
malade	μαλασσων αδεισιθεος	Le dissolvant impie
Prince	πριν χειμενος	placé au premier rang
pied	εδαξας πιτυλον	ayant irrité la foule
estaché	εσταθησεται ηἰ αχυλω	sera fixé en matière sans suc
craint	ινις τεραστ χρατησιμαχος	le fils vainqueur par les prodiges
d'ennemis	δεου, εννεχροενταις μισεων	de Dieu, plein de haine contre les meurtriers
fera	θηρασει	chassera
voile	υλην υειδην	la matière sale
bondir	δυρομενην βοντα	se plaignant, criant fort.

Traduction libre

Le fixe, oubliant que le volatil devait porter dans son sein le fixe futur, se présentera en concurrence avec Typhon aux replis tortueux dans le temple du suffrage. Le fixe sera dissous par les révolutionnaires.

La torche enflammée ayant soulevé la matière en eau pendant la couleur noire, pour faire fuir le pur de toute souillure dans la matière puante, le fixe détruira l'incendiaire avec la pluie tombant du ciel.

Le dissolvant impie placé au premier rang ayant irrité la foule contre le roi à l'état de lune, fils du soleil, sera fixé en matière sèche.

Le fils vainqueur dans la lutte par le secours merveilleux du très-haut, plein de haine pour les meurtriers chassera la matière puante, se plaignant, criant.

Centurie III — Quatrain 92

Le monde proche du dernier période
Saturne encor tard sera de retour :
Translat Empire devers nation Brodde
L'œil arraché à Narbon par Autour.

Traduction littérale

Le	λεοντοειδης	Le semblable à un lion (Napoléon)
monde	μαων ουδε (εις ον)	aspirant à la vérité
proche	προχειματι	à la première dissolution
du	Δυναστου	du roi
dernier	δερκευνεα νυσσοντα ιερα	le voyant annonçant les arrêts divins
période	περιοδευσει	circonviendra, examinera en tous sens
Saturne	υρ σαττομενον νεον	Le feu fixe nageant
encor	εγκορδυλωμενον	enveloppé
tard	δητεον ταραχην	devant arrêter la révolution
sera	θηρασει	chassera
de	Δεσποτην	le despote
retour	ρηξαν υρι τοξευοντι	le déchirant par un feu perçant
Translat	τρανομενος σιου λατεῖ	le manifesté de Dieu à l'état de Laton
Empire	επνεομενος ιρεω	rempli de l'Esprit-Saint par le Pontife
devers	δειξεται υγρω ερσηνω	paraîtra à l'état de Lune-Soleil
nation	ναστος οναξ τιομενος	coagulé, roi cher à Dieu
Brodde	βροδω = ροδω δησεται	à Rhodes sera fixé (résidence d'Apollon)
L'œil	οσιρις ειλασας λεοντοειδην	Osiris ayant vaincu le semblable à un lion (Nap.)
arraché	αρρεν αχειροτονητος	fixe non élu par les suffrages
à	αυσει	desséchera
Narbon	ναρον βουν	la matière noire liquide
par	παραδηλωσει	suivant l'indication
Autour.	αυτουργου	de l'artiste de l'œuvre.

Traduction libre

Le semblable à un lion (Napoléon) aspirant à la vérité, lors de la dissolution du roi, circonviendra le voyant annonçant les arrêts divins.

Le feu fixe enveloppé dans l'eau, pour arrêter la révolution, chassera le despote en le déchirant par un feu perçant.

Le manifesté de Dieu à l'état de Laton, rempli de l'Esprit saint par le Pontife, paraîtra à l'état de lune-Soleil, puis coagulé, roi cher à Dieu, sera fixé à Rhodes (résidence d'Apollon).

Osiris ayant vaincu le semblable à un lion (Napoléon). Le fixe non élu par les suffrages desséchera la matière noire liquide suivant l'indication de l'artiste de l'œuvre.

Centurie III — Quatrain 93

Dans Avignon tout le chef de l'Empire
Fera arrest pour Paris désolé :
Tricast tiendra l'annibalique ire,
Lion par change sera mal consolé.

Traduction littérale

Dans	Δοις ανσπασας	La torche enflammée ayant enlevé
Avignon	αυθεντῃ οντα ιγνητω	au maître le bien pour lequel il était né
tout	τουσχατον τεσσαρεσκαι δεκατιται	les hérétiques faisant fête le 14e jour de la lune de Mars
le	λησταρχων	le chef des voleurs
chef	κεφαλῃ	en tête
de	δηλησονται	seront détruits

l'empire	λευκοφσιω εμπνεομενω ιρεω	par le gris (Jupiter) rempli de l'Esprit-Saint par le Pontife
Fera	θηραις	contre les bêtes féroces
arrest	αρρενιζομενος εσταμενος	le fixe fortifié
pour	πυλαιω ουρανου	par celui qui veille aux portes du ciel (le Pape)
Paris	υς παριζητεους	les porcs à fixer
désolé ;	ολεσει δεσμευσας	ruinera en les enchaînant
Tricast	τριψεται καστορνυμενος	sera broyé, réduit au silence
tiendra	δρακων εναντιος τιομενου	le dragon ennemi du cher à Dieu
'anniba-lique	κυησας λυειν λαουλεγοντοις αννιβαικοις	ayant conçu la pensée de supprimer par les orateurs du peuple, vrais Annibaliens
ire,	ιρεα	le Pontife
Lion	οναξ λυων	Le roi dissolvant
par	παραβατικος	transgressant les lois de l'Église et de la justice
change	ερειψεται χαλαζα αγκεντεα	sera abattu par une grêle meurtrière
sera	θηρα	la bête féroce
mal	μαλακοψυχος	lâche
consolé	ολεσεται κονεουσα σολω	sera ruinée combattant le disque

Traduction libre

La torche enflammée ayant enlevé à son maître le bien pour lequel il était né, les hérétiques faisant fête le quatorzième jour de la lune de Mars, le chef des voleurs en tête, seront détruits par le gris (Jupiter) rempli de l'Esprit saint par le Pontife.

Le fixe fortifié contre les bêtes féroces par celui qui veille aux portes du ciel (le Pape) ruinera en les enchaînant les porcs à fixer.

Le Dragon ennemi du cher à Dieu ayant conçu la pensée de supprimer le Pontife-roi par les orateurs du peuple, vrais annibaliens, sera broyé, réduit au silence.

La chef dissolvant, transgressant les lois de la justice

et de l'Église sera abattu par une grêle meurtrière. La bête féroce sera renversée combattant le disque.

NOTE SUR ANNIBAL

Annibal (en langue punique ou Phénicienne : anna, gracieux ; Baal, seigneur) Carthaginois célèbre par ses ruses de guerre, par la prééminence qu'il fit acquérir dans Carthage à la démocratie, par la protection qu'il accorda au clubs, aux mouvements du peuple pour qui il était gracieux, poli, et qui le renversa néanmoins. Dès l'âge de dix ans il prêta serment de détruire la prépondérance de Rome qui ruinait sa patrie. Les Dieux d'Annibal étaient des divinités matérielles telles que Baal et Hercule, à qui l'on sacrifiait des victimes humaines. Ces Dieux étaient ceux de Carthage, nouvelle Tyr, république descendue de Cham le maudit et offrant une parfaite image de notre République.

Annibal eut pour surnom *Monech* μονοικος, le passereau, oiseau appelé ainsi dans l'Écriture à cause de ses instincts solitaires ; *Passer unicus in domo ; solitarius in tecto.* Il a été aussi qualifié de l'adjectif *instabilis.*

Les passereaux, dit encore Isidore de Séville, sont de petits oiseaux qui représentent les pauvres, mais non les pauvres de volonté comme les humbles. *Est qui nequiter humiliat se et interiora ejus plena sunt dolo* (*Ecclésiastiq.* ch. XIX, v. 23) c'est-à-dire, il est tel homme qui s'humilie méchamment et son intérieur est plein de tromperie. Tel Mahomet apparaît dans ses *Actes ;* tel fut Julien l'Apostat, au rapport de l'histoire ecclésiastique, tel fut Annibal et tels seront ceux à qui l'on appliquera ce nom.

Mais, ajoute l'*Ecclésiastique*, vers. 21, mieux vaut un homme qui n'est privé que d'un peu de sagesse et qui manque de sens, s'il a la crainte de Dieu, que celui qui a un grand sens et qui transgresse la loi du Très-Haut.

Centurie III — Quatrain 94

De cinqs cens ans plus compte l'on tiendra
Celuy qu'estoit l'ornement de son temps :
Puis à un coup grande clarté donra,
Que par ce siècle les rendra très contens.

Traducion littérale

De	Δεσποτης	Le despote
cinqs	σηπεδων χινεων κυναλωπηξ	serpent révolutionnaire, impudent et fourbe
cens	κενσας σεβαστον	ayant harcelé le roi
ans	ανστρεψεται	sera renversé
plus	πλυσεῖ σειριοντι	par la pluie desséchante
compte	πτητικου κομμι	du volatil à l'état de gomme
l'on	λαοκρατιας ανχξ	le chef de la démocratie
tiendra	ενδρασσομενος τιομενον	enserrant le cher à Dieu
Celuy	κενοσεται υς λυων	sera épuisé le Typhon dissolvant
qu'estoit	κυοντι ησтομενω ιτεω	par celui portant dans son sein le fixe futur
l'ornement	λαλιᾳ ορνεου μενοιναοντος τεραςι	suivant l'indication de l'oiseau aspirant aux signes envoyés du ciel
de	δηλοντοις	se montrant
son	σοντοις	apportant le salut
temps :	τεμενω ψηφιας	dans le temple du suffrage (la France)
puis	ις πυθωνος	la force de la putréfaction (Typhon)
à	αξασα	ayant dissous
un	ινα	le fixe
coup	υψιβρεμενης κονισει	Jupiter lançant la foudre combattra

grande	γρυπαιετον ανδεο·ντα	l'aigle à bec de griffon couronné
clarté	χλαρωτι τεγγομενω	par le suffrage teint (mensonger)
donnera	δοναξι ραδιοις	avec des traits volatils
Que	χυεσας	ayant conçu la pensée
par	παραιρειν	de supprimer
ce	κειμενα	les choses établies
siècle	σιω εχλεχτω	par le choix de Dieu
les	ληστευσεται	sera ravagé
rendra	δραχων αρης	le dragon, avide de carnage (Mars)
très	τρεσας	lâche
contens.	κονισας σινεσθαι την	ayant combattu pour endommager celui-ci.

Traduction libre

Le despote, serpent révolutionnaire, impudent et fourbe ayant harcelé le roi, le chef de la démocratie enserrant le cher à Dieu sera renversé par la pluie desséchante du dissous à l'état de gomme.

Le Typhon dissolvant sera détruit par celui qui porte en son sein le fixe futur suivant l'indication de l'oiseau aspirant aux signes envoyés du ciel, apportant clairement le salut dans le temple du suffrage (la France).

La force putréfactive (Typhon) ayant dissous le fixe, Jupiter lançant la foudre combattra avec des traits volatils l'aigle à bec de griffon couronné par le suffrage menteur.

Le Dragon, avide de carnage, lâche ayant conçu la pensée de supprimer les choses établies, sera mis en pièces par l'élu de Dieu qu'il avait combattu pour l'endommager.

Centurie III — Quatrain 95

La loy Moricque on verra défaillir,
Après une autre beaucoup plus séductive,
Boristènes premier viendra faillir,
Par dons et langue une plus attractive.

Traduction littérale

La	λαολεγοντες	Les orateurs du peuple
loy	υιες λοξοτροχιου	Typhoniens (race de Typhon)
moricque	χυεσαντες μορτοποιειν ικεσιον	ayant conçu la pensée de faire mourir celui qui protège les suppliants (le Pape)
on	οναξ	le roi
verra	υετου ερρανας	ayant arrosé de pluie
défaillir	δησει ιραν φαου ιλλων	fixera l'assemblée en l'enveloppant de lumière
après	πρηστηρος ανακτος	du serpent roi
une	υλην νηραν	la matière en eau (volatile)
autre	αουσας τρηχυνουσας	ayant desseché, ayant durci
beaucoup	βεβαιος αυω υψιβρεμετης χονιων	tendant au fixe Jupiter lançant la foudre, combattant
plus	πλυσεῖ σειριᾳ	avec la pluie brûlante
séductive	εξολησει δυαχις κτιζομενον υηνιᾳ	vaincra deux fois le chef créé par la matière puante
Boristènes	νησοις βορεου ιστησαν	ayant séjourné aux îles du Nord (Hollande)
premier	πρεμνον ιεραον	la tige consacrée
viendra	δραστης υῒ εναντιω	fugitive dans la matière puante ennemie
faillir	ιλλησει φαου ιραν	enveloppera l'assemblée de lumière.
par	παρακαθισονται	seront fixés
dons	δοναξι σεβαστου	par les traits du roi
et	ετεκλῃναντας	machinant des complots
langue	λανθανοντας γυῃ	affiliés des sociétés secrètes dans la terre de France
une	υλη υγρα	la matière volatile
plus	πλυσεῖ σειριασεται	sera desséchée par la pluie
attractive.	ατενους τραχηλιζοντος κτιζομενον υηνιᾳ	du fixe renversant le créé par la pourriture.

Traduction libre

Les orateurs du peuple de la race de Typhon ayant conçu la pensée de faire mourir celui qui protège les suppliants (le Pape) ; le roi après l'avoir arrosé de pluie fixera l'assemblée en l'enveloppant de lumière.

En desséchant, en durcissant la matière en eau du serpent roi, Jupiter qui lance la foudre, tendant au fixe, combattant avec la pluie desséchante, vaincra deux fois le chef créé par la matière puante.

La tige consacrée après avoir séjourné aux îles du nord (Hollande) fugitive dans la matière puante enveloppera l'assemblée de lumière.

Les affiliés aux sociétés secrètes, machinant des complots dans la terre de France, seront fixés par les traits du roi.

La matière volatile sera desséchée par la pluie du fixe renversant le chef créé par la matière puante.

Centurie III — Quatrain 97

Nouvelle loy terre neufve occuper
Vers la Syrie, Judée et Palestine :
Le grand empire barbare corruer
Avant que Phebès son siècle détermine.

Traduction littérale

Nouvelle	ναστω ουρανου λεγομενω υελωδεl	Par le fixe appelé du ciel avec la transparence du verre
loy	υιες λοξοτροχιου	les Typhoniens
terre	ρηξονται τερατωδως	seront brisés d'une manière prodigieuse

neuf"e	υφηγησομενοι νεκροειν φοινικα υηνια	commandés de faire mourir par la lie populaire le Phénix (le Pape)
occuper,	ογκωμενω υπεραρχοντι ορα	par Typhon régnant sur la terre de France
vers	αρσην υγρος	le fixe à l'état volatil
la	λακιζει	mettra en pièces
Syrie	συργαστρον νετω	le serpent par la pluie
Judée	ιυ δεελων	se manifestant sous les traits de Jupiter
et	ετεκτησαντας	machinant des complots
Palestine :	εστεμανος ινησει παλαιστους	le fixe purgera les vieilles peaux
Le	λευκοφαιω	par le gris (Jupiter)
grand	γροπαιετου ανδαιοντος	de l'aigle à bec de griffon incendiaire
empire	εμπνεομενω ιρεω	rempli de l'Esprit-Saint par le Pontife
barbare	βαρβαρους αρειμανεας	les sauvages agités des fureurs de Mars
corruer,	κορμασονται ρυομενω εραν	seront mis en morceaux, délivrant la terre de France
avant	αυοντος αντιου	du Typhon ennemi
que	χυεσαντος	ayant conçu le dessein
Phebès	φευγειν βησομενον	d'exiler, le devant être établi
son	σωντα	apportant le salut
siècle	σιω εκλεκτος	le choisi de Dieu
détermine	δησας τερματισει ινησεα	l'ayant fixé achèvera le châtiment.

Traduction libre

Le fixe appelé du ciel avec la transparence du verre, brisera d'une manière prodigieuse les Typhoniens commandés par Typhon régnant sur la terre de France, pour faire mourir le Pape (vrai Phénix) par les mains de la canaille.

Le fixe à l'état volatil mettra en pièces le serpent au moyen de la pluie, se manifestant sous les traits de Jupiter, châtiera les vieilles peau machinant des complots.

Le gris (Jupiter) rempli de l'Esprit-Saint par le

Pontife, mettra en morceaux les sauvages agités des fureurs de Mars commandés par l'aigle à bec de griffon incendiaire, délivrant ainsi la terre de France.

L'ennemi Typhon ayant conçu le dessein d'exiler celui qui doit arriver à l'état fixe, celui-ci choisi de Dieu pour apporter le salut achèvera son châtiment par la fixation.

Centurie III — Quatrain 98

Deux royals frères si fort guerroyeront
Qu'entre eux sera la guerre si mortelle :
Qu'un chacun places fortes occuperont
Du règne et vie sera leur grand querelle.

Traduction littérale

Deux	Δευσιμος-ξηρος	La lune-soleil
royals	υιος ροδιου αλεγισει σιστανι	fils du soleil prendra souci de rétablir
frères	φρητριον ρησσομενον	la curie démolie
si	σιου	de Dieu
fort	φορτοστολου	du pilote de la barque
guerroyeront,	γυιον ερρομενον υἱ εραοντι οντων	corps dissous par Typhon avide de ses biens
qu'entre	χυμάινων εντενας ρηγνυειν	Le chef agité comme les flots s'étant efforcé d'arracher
eux	ευξυναρπαστα	les biens faciles à enlever
sera	θηρασεται	sera chassé
la	λαοσοω	par le sauveur du peuple
guerre	γυιων ρηξαντων εριδι	ses membres ayant été brisés dans la guerre
si	σιω	contre Dieu
mortelle :	λειψεται μορτω τελειως	sera laissé pour mort définitivement.
qu'un	χυοντι ινησεας	par le portant dans son sein les châtiments (Quintin H. V.)
chacun	χινεοντι χαλαζαν	mettant la grêle en mouvement
places	πλαγησονται σηπτους	seront frappés les putréfiés

fortes	φορταγωγοντας εσθητους	emportant les mobiliers,
occuperont,	ογκωμενου υπερβαινιτος οντα	partisans de Typhon violant les lois et les droits de Dieu
Du	Δυναστευοντος	Dominant
règne	ρηκτηρος γνησιου	le roi légitime
et	εταιρτιζοντος	accompagné d'amis.
vie	υδατι ιεντι	à sève circulante (pleins de vigueur)
sera	θηρασει	chassera
leur	λειτουργου ραζοντος	après l'immolation du grand Pontife
grand	γρυπαιετον ανδαιοντα	l'aigle à bec de griffon incendiaire
querelle.	χυοντα ερειψεων ελληνικων	plein de pensées pernicieuses.

Traduction libre

La lune-Soleil, fils du soleil, s'occupera de rétablir la curie démolie du pilote de la barque divine, corps dissous par Typhon avide de ses biens. — *(La curie romaine est l'ensemble de diverses administrations du gouvernement papal.)*

Le chef agité comme les flots s'efforçant d'arracher les biens mobiliers faciles à enlever sera chassé par le sauveur du peuple ; ses membres ayant été brisés dans la guerre contre Dieu, il sera laissé pour mort définitivement.

Henri V (Quintin, c'est-à-dire portant dans son sein les châtiments) mettant en mouvement la grêle frappera les putréfiés emportant les biens meubles, partisans de Typhon violant les lois et les droits de Dieu.

Le roi légitime accompagné d'amis pleins de vigueur prenant le pouvoir en mains chassera, après le martyre du Pape, l'aigle à bec de griffon incendiaire plein de pensées pernicieuses.

Centurie III — Quatrain 99

Aux champs herbeux d'Alein et du Varneigne
Du mont Lebron proche de la Durance
Camps des deux parts conflict sera si aigre
Mésopotamie défaillira en la France

Traduction littérale

Aux	αυξησει	Pendant la sublimation
champs	χαμαι ψηφου	en la terre du suffrage universel
herbeux	ευσυμβατον βοΐ ερεβους	d'accord avec la matière noire de l'Enfer
d'Alein	ινητεα αλεξησεται δεμοχρατιαν	à châtier, repoussera loin le gouvernement démocratique
et	εταξας	ayant mis à la place
du	δυναστειαν	la royauté légitime
Varneigne	υδωρ-αρρεν νεμει γυην ιγνητην	la lune-soleil gouvernera la terre pour laquelle il était né
Du	Δυναστη	Par le grand Dieu
mont	μυοντες οντοις	ceux fermant les yeux aux lois et aux droits de Dieu
Lebron	λεανονται βροντι	seront broyés par le tonnerre
proche	προχειροτονοντες	étant élus naguères
de	δηΐοντες	traités en ennemis, aujourd'hui
la	λαολεγοντες	les orateurs du peuple
Durance	Δυρουνται ανχεισθαι	se plaindront d'être renversés, fixés
Camps	σηπεδων κομπυλος	Typhon volatil
des	Δεσποτης	despote
deux	διαβολω ευσυμβατος	d'accord avec le diable
parts	παραβατικος ταγου σεμνου	violant les lois et les droits du maître saint
conflict	κοναβεοντι φλεγματι ιτεοντι	par le feu volatilisé retentissant
sera	θηρασεται	sera chassé
si	σιω	par Dieu
aigre	ρηξαντι αιγδην	brisant avec impétuosité
Mésopotamie	μεσοποταμων ταμεομενην, υετω	entre deux fleuves, hachée par la pluie
défaillira	ιραν ιλλομενην φαου δηλοσεται	l'assemblée enveloppée de lumière détruira

en	εναντιον	ennemie
la	λαοσαος	le sauveur du peuple
France	φραγγιος κειμενης	de la France gisante.

Traduction libre

Pendant la sublimation, en la terre du suffrage universel, la lune-soleil prendra le gouvernement de la France pour laquelle il était né, ayant substitué la royauté légitime au gouvernement démocratique qu'il repoussera bien loin parce que se laissant influencer par les puissances infernales, il mérite tous les châtiments.

Ceux qui ferment les yeux aux lois et aux droits de Dieu seront broyés par le Dieu du ciel lançant la foudre ; élus naguère et traités aujourd'hui en ennemis, les orateurs du peuple se plaindront d'être ainsi renversés et fixés.

Typhon volatil, despote d'accord avec le diable violant les lois et les drois du maître saint sera chassé par le feu volatilisé retentissant du Dieu qui brise violemment.

Le sauveur du peuple de la France gisante, entre les deux fleuves (Seine et Marne), détruira en la hachant par la pluie l'assemblée ennemie enveloppée de lumière.

Centurie III — Quatrain 100

Entre Gaulois le dernier honoré
D'homme ennemy sera victorieux ;
Force et terroir en moment exploré
D'un coup de traict quand mourra l'envieux.

Traduction littérale

Entre	εντενει ρηγνυναι	Agira avec effort pour faire sortir violemment
Gaulois	οιστεον υλην γαλακτοχροτω	celui qui doit conduire la matière à la couleur blanche
le	λεοντοειδης	le semblable à un lion (Napoléon)
dernier	δερκεινου νυσσοντο; ιερα	du voyant annonçant les arrêts divins
honoré	ωρεξας ον	ayant cherché à savoir la vérité,
d'homme	Δυναστη μηνῃ ομβρω	par le roi à l'état de lune, avec une pluie d'orage
ennemy	εννεκροεντες μισητοι	les meurtriers odieux
sera	θηρασονται	seront chassés
victorieux,	υἶ κτεναντι ωριζοντα ευσυνθετων	à Typhon ayant fait mourir le protecteur de ceux qui sont fidèles à leurs engagements
Force	κεισεται φορυτος	sera fixé à terre le mélange confus
et	εταιρων	des compagnons
terroir	τερατωδως ροιζηται ιρα	prodigieusement sera engloutie avec bruit l'assemblée
en	εναντια	ennemie,
moment exploré	μοναυλον μενοιναοντα τερασι	le chantre unique aspirant aux signes envoyés du ciel
	ωρεσασα εκπλεειν	ayant cherché à faire sortir du port
D'un	Δεσποτης ινησεται	sera châtié le tyran
coup	υψιβρεμετῃ κονιοντι	par Jupiter lançant la foudre combattant
de	δησας	ayant arrêté
traict	τρανομενον ιχτηριον	l'éclaircissant la pierre précieuse de couleur jaune
quand	ανδυομενου κυανεου	sortant de la couleur noire
mourra	μωλοπιζομενον υρι ραδιω	meurtri par le feu volatil
l'envieux.	λαολεγοντων εναντιων υἶ ευσυμβατων	des orateurs du peuple ennemis d'accord avec Typhon.

Traduction libre

Le semblable à un lion (Napoléon) ayant cherché à savoir la vérité du voyant annonçant les arrêts divins, s'efforcera de faire sortir violemment celui qui doit conduire la matière à la couleur blanche.

Le roi à l'état de lune chassera par une pluie d'orage les meurtriers odieux; il fixera à terre le mélange confus des compagnons de Typhon, meurtrier du protecteur des chrétiens fidèles à leurs engagements, il engloutira avec un bruit prodigieux l'assemblée ennemie ayant cherché à faire sortir du port le chantre unique aspirant aux prodiges envoyés du ciel.

Jupiter lançant la foudre en combattant châtiera le tyran ayant arrêté celui qui éclaircit la pierre précieuse de couleur jaune. sortant de la couleur noire, meurtri par le feu volatil des orateurs du peuple, ennemis d'accord avec Typhon.

LA LOI DU TRAVAIL

En relisant la traduction du quatrain 73 de la Centurie IX (quatrième fascicule) nous constatons qu'au moment même où le Tyran régnant cherche à corrompre les ouvriers et à exciter le pauvre contre le riche, le roi légitime les encouragera au travail moralisateur et s'efforcera d'incliner le cœur du riche vers le pauvre.

Pour ne pas être accusé de ménager les explications, nous croyons devoir au lecteur, le témoignage de nos réflexions à ce sujet.

Qui ne connaît ce passage de Job, liv. V, vers. 7 : *L'homme est né pour travailler comme l'oiseau pour voler*, et cet autre passage de l'*Ecclésiastique*, liv. XXIII, vers. 29 : *L'oisiveté a enseigné beaucoup de malice* ou *l'oisiveté est la mère de tous les vices.*

Un philosophe de nos jours commentant ces textes nous dit : *Le travail est à la fois une peine, un frein et un devoir ; il est imposé à l'homme pour le punir, le contenir et le former.*

Mais on peut ajouter : le travail est le levier universel du genre humain.

Un fils d'Adam vient en ce monde. Il faut que son cœur s'arrache à lui-même et prenne sa route vers Dieu. Pour cela, il faut que sa volonté sorte aussi d'elle-même à l'aide de l'effort ; pour cela il faut qu'il travaille ; et pour cela, il faut qu'il ait faim. La plante croît sans avoir faim et sans travail la bête mange.

Pour l'homme, le travail n'est pas uniquement une punition qui le purifie devant Dieu et un traitement qui redresse sa volonté courbée dans sa chute, de manière à rendre au cœur son premier mouvement hors de lui-même. Le travail est encore pour l'homme une gloire, puisque c'est l'homme qui par un effort personnel, a l'honneur ici de concourir au rétablissement de sa nature, de ramener la vigueur dans son âme aussi bien que dans son corps tout en se ménageant sur la terre une existence digne et indépendante. On peut saisir le sens de ces mots d'une sainte : La justice divine a châtié l'homme avec de la gloire.

O travail, fontaine renaissante de la volonté, travail, qui agrandis le passage du cœur et reconstruis l'homme écroulé, travail, toi qui fais en nous une liberté vivante, il faut que l'homme pour conserver même ici-bas son existence, te fasse monter dans ses membres comme une sève, te sente jaillir de son cœur comme le sang et te répande en bienfaits sur ceux qu'il aime et qu'il élève autour de lui !

TABLE DES MATIÈRES

ERRATA DU 6e FASCICULE

Page 9, ligne 3, *lire :* ambassade *au lieu d'*emballage.
— 16, — 4, numéroter 8 l'alinéa.
— 16, — 23, *lire :* leur éclat par.
— 17, — 12, *mettre deux virgules,* l'une après sang, l'autre après soleil.
— 22, — 40, *lire :* γρυπαιετου ανδεοντος.
— 23, — 11, *lire :* πλυσις σειρια.
— 30, — 24, *lire :* ιτεοντας *au lieu de :* ιτεοντες.
— 34, — 14, *lire :* υηνιαν *au lieu de :* υηνιαρ.
— 38, — 26, *lire :* ερειψεων *au lieu de :* ειριψεων. ελληνικων.
— 42, — 13, *ajouter* ζανω *à* εξιλλησονται.
— 42, — 29, *mettre deux virgules* avant et après croissant.
— 48, — 18, *lire :* λεοντοειδου.
— 68, — 18, *lire :* nul *au lieu de :* mil.

ANGERS, IMPRIMERIE LACHÈSE ET Cie, CHAUSSÉE SAINT-PIERRE, 4

www.ingramcontent.com/pod-product-compliance
Ingram Content Group UK Ltd.
Pitfield, Milton Keynes, MK11 3LW, UK
UKHW020237220726
13923UKWH00002B/701

9 782019 234959